Presented by
Kaho Matsuyuki
with
Ryou Mizukane

狐の婿取り

—神様、成就するの巻—

CROSS NOVELS

松幸かほ
NOVEL:Kaho Matsuyuki

みずかねりょう
ILLUST:Ryou Mizukane

CROSS NOVELS

琥珀《こはく》
かつて八本の尻尾を持っていた神社の神様。涼聖の愛の力により、最近四本目の尻尾が生えてきた。ツンデレである。
陽《はる》
ちび狐。妖力を持って生まれたため、琥珀に預けられることに。食べることが大好きな育ち盛り❤
香坂涼聖《こうさかりょうせい》
診療所の医師。琥珀と陽と共に暮らす、かなり幸せな男。琥珀とイチャイチャする時間が減ったのが悩みの種。
Characters
Kaho Matsuyuki Presents

伽羅《きゃら》

間狐。幼い頃に琥珀と出会い、心酔。彼を追って香坂家に転がり込む。最近は多少空気を読むように。

橡&淡雪《つるばみ&あわゆき》

烏天狗の長。五年を経て、ようやく孵った弟・淡雪の子守で心が折れそうになることも……。

倉橋《くらはし》

涼聖の先輩医師。元は東京の病院勤務だったが、期間限定で地方の救命医療をサポート中。淡雪に気に入られている。

成沢《なりさわ》

涼聖が勤めていた成央大学附属病院の御曹司で外科医。デートの予定がたくさんありそうな色男。

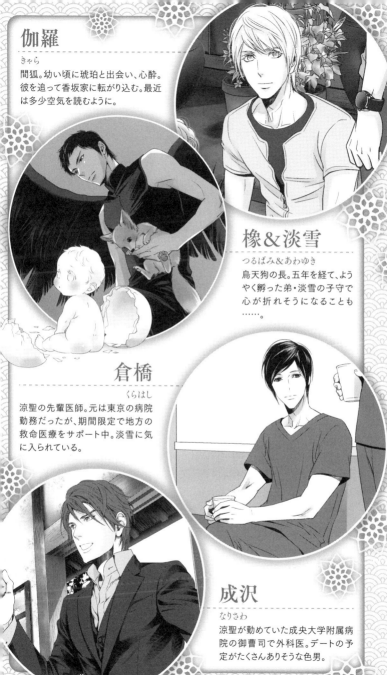

CONTENTS

CROSS NOVELS

狐の婿取り
―神様、成就するの巻―
9

陽ちゃん、東京へ行く
163

あとがき
227

陽ちゃん、東京へ行く・おまけ
229

CONTENTS

狐の婿取り

神様、成就するの巻

Presented by
Kaho Matsuyuki
with
Ryou Mizukane

Presented by
松幸かほ
Illust
みずかねりょう

CROSS NOVELS

1

そぼ降る雨の中、涼聖《りょうせい》が運転する車は自宅へと向かっていた。

後部座席のチャイルドシートに座った陽《はる》はグスグスと泣いていて、泣き続けた目も、涙を拭い続けた目元も、赤くなってしまっている。

集落から街へと向かう途中の道路で起きた崩落事故。

被害にあった車が倉橋《くらはし》のものだと特定されたのは、陽がそうだと気づいた一時間後のことだ。

報道された車載カメラの映像や、途中に設置されたNシステム、到着予定時刻を大幅に過ぎても総合病院に来ず、電源が落ちたままになっている携帯電話といった様々な情報から倉橋だと断定された。

陽は、車載カメラの映像に映った、後方車両のフロントガラス越しに見えた助手席側のモンスーンのマスコットで、倉橋の車だと気づいたらしい。

『まえっ…に、くらはしせんせ……よる、おそくに……、おくるまでひと…っ、ひとり、びょういん……っ、かえってく…ぅ……に、さみし……っ…なぃ、よ…に、っぁげ、たの……』

どうして倉橋だと思うのかと聞いた涼聖に、陽は何度もしゃくりあげながら言った。

ヘッドレストの接続金具から紐でつるされた小さなマスコットだ。

映像で見てそれと確認できるのは、倉橋に渡した陽だけだっただろう。

だが、誰より先に確認できてしまったことは、どれほど陽にとって衝撃だったかと思う。

陽はずっと泣いていて、不安から、あのあとずっと琥珀《こはく》に抱きついていた。

しかし、診療所は通常通りに診察を続けていて、琥珀の仕事に差しさわりが出ていたし、来院患者も泣き続ける陽と、続く事故の報道に沈痛な面持ちだった。

それで、午前中の診療を終え食事を——さすがに陽は食欲がなく、かなりの量を残した——してから、陽に家に帰るか、と聞いたのだ。

家に帰れば伽羅《きゃら》も、シロも、起きていれば龍神《りゅうじん》もいる。

診療所にいるよりは、幾分気がまぎれるかもしれないと思ったのだ。

もちろん、涼聖と琥珀も陽のそばについていてやりたい気持ちでいっぱいなのだが、自分の仕事を放棄するわけにはいかなかった。

そして、陽もそれは充分に理解していて『おうちにかえる』と呟くように言った。

フロントガラスをワイパーが緩い動きで往復し、雨を拭う。

決して強い降り方をしているわけではないが、この雨のせいで現場に到着したレスキュー隊は二次被害の恐れのために、何もできないでいた。

地盤が緩んでいて、小さな崩落が何度も起きているからだ。

——倉橋先輩……。

朝、見送った時はこんなことになるとは思っていなかった。

いや――本当に思っていなかっただろうか。

東京からは二、三日で戻ると分かっていた。

それなのに、どうしても見送りに行かなければと思ったのは、偶然だったのだろうか。

――偶然だろうがなんだろうが、どうでもいい。先輩が無事なら、それで。

今、死んでいい人じゃない。

これからバリバリ、何百人、何千人という人を救っていく人なのだ。

――だから頼む。神様、あの人を連れていかないでください。

どの神に祈ればいいか分からないが、涼聖は心の底から、願った。


家に戻り、車を降りると家の中からは盛大な赤ちゃんの泣き声が聞こえてきていた。

耳馴染みのある泣き声から、淡雪《あわゆき》が来ていることが察せられた。淡雪が来ているのなら橡《つるばみ》も一緒にいるのかもしれない。

そう思いながら涼聖は陽を車から降ろした。

陽を連れて戻ることは連絡していたし、そうでなくとも玄関に入る頃には、そこまで迎えに出てくれることがほとんどなのだが、今日はそれもない。

よほど淡雪の世話に手を焼いているのだろうと思いながら、陽を連れて居間に向かった。

「ただいま」

襖戸を開けて居間に入ると、開いた古めかしい地図の上で険しい表情を浮かべ何かを探るように手を動かしている橡、そしてギャン泣きする淡雪と、淡雪を抱いて必死な顔をした龍神。その肩ではシロが淡雪を宥めようと両手で自分サイズのうちわを持って何やら頑張っていた。

「……くらはしせんせいが…！」

陽は、橡の姿を見るなり泣き崩れた。

橡は地図を探る手を止め、陽のそばに近づくとそっと肩を抱く。

「ああ……。土砂崩れのことは俺も分かった。それで、急いでここへきて――伽羅から、倉橋さんが巻き込まれたって聞いた」

苦々しい顔で橡は立ったままの涼聖を見上げながら言う。

「そうか……。伽羅は？」

姿の見えない伽羅を訝しみ、涼聖が問うと、

「現場の状態を探ってくれてる。精細に現場を視《み》るなら、自分のテリトリーからのほうがいいんで、今、祠《ほこら》に戻ってる。俺より、あいつのほうが『目』がいいんでな」

橡はそう答えたが明らかな焦燥が見て取れた。

「橡さん、大丈夫か」

問う涼聖に、橡は険しい表情のまま頷いた。

「……ああ。あんたこそ、顔色が酷ぇぞ」

「まあな……。こんなことになるとは思ってなかった」

涼聖の言葉に、

「このようなこと、普通ではない」

淡雪を宥めるように膝を使ってユラユラ体を揺らしながら、龍神は言い、続けた。

「通常、このような災害が起こる前には何らかの予兆があって然るべきだ。我のように自然を司る一族にいる者には、たとえ力が弱っていようとも何らか感じるはず。だが、今回はそれがまったくなかった。……空にいる我ら龍神族も戸惑っておる」

龍神の表情と言葉からは、今回の事故が予定されたものではなかったということが察せられた。

神界のシステムは涼聖には分からないが、何らかの異常が起きていることだけは理解できた。

いや、それしか理解できなかったと言ったほうがいいのかもしれない。

そして、それしか理解できない今の自分にできることは、ないのだと感じた。

その時、ふっと気配がして、部屋の隅に輝く粒子が舞ったかと思うと、そこに伽羅が姿を見せた。

「涼聖殿、家を空けていてすみません」

伽羅はすぐに涼聖の姿に気づき、謝った。

「いや……事故のことを探りに行ってくれてるって、橡さんから聞いたところだ」

「ええ。まず、涼聖殿にお伝えできるのは、倉橋殿は生きておいでだということです」

伽羅の言葉に、安堵から涼聖の膝の力が抜けた。

「ああ……」

水屋簞笥《みずやだんす》の縁に手を置きながら、涼聖は畳に膝をついた。

「よかった……」

涼聖は呟く。そして倉橋の無事を知った陽も、安堵から、また声を上げて泣いた。橡も生きていると聞いて、腹の底に詰められていた鉛のようなものが溶けるのを感じる。

しかし、無事を告げた伽羅の顔は険しかった。

「ただ……それしか分からないんです」

付け足された伽羅の言葉には不穏な響きが伴っていた。

「それしかって……」

「生きていらっしゃるのは気配で分かるんですが、どういう状況かまでは探れなくて……」

怪我や意識の有無も分からないのだということは、すぐに分かった。

「報道関係も集まって来てて、その機材の周波数が俺たちの力と相性悪くて、邪魔になってるんです……すみません」

謝った伽羅に、涼聖ははっとした。

「いや。生きてるって分かっただけでもいい。……ありがとう」

礼を言った涼聖に伽羅は、

「倉橋さんの様子を追いながら、この後どうするか相談します。地元のレスキューでどうこうできるレベルじゃないですし……」

難しい表情で告げる。

「ああ、分かった。……悪いけど、倉橋さんのこと、守ってくれ。頼む」

涼聖はそう言うと、陽の顔を見て、

「陽、俺は診療所に戻る。……大丈夫か？」

「…っ…ぃ、じょぅぶ……」

ひっくひっくとしゃくりあげながら、陽は答える。

その頭を撫でてから、涼聖は立ち上がり、居間をあとにした。

──今後のことを相談するにしても、ギャン泣き二重奏の中じゃちょっと……。

涼聖の車が出ていく音を聞きながら伽羅は考え、必死で淡雪をあやすもののうまくいっていない龍神を見た。

「龍神殿、申し訳ありませんが、陽ちゃんと淡雪ちゃんを連れて客間に移動してもらえませんか？」

「……む…」

邪魔だと言われたのは分かったが、淡雪はともかく、陽のいる手前抗議するのはためらわれたし、状況が状況なので頷いた。

「分かった。陽、客間に行くぞ」

龍神は椽の傍らで座りこんでいる陽の許に歩み寄ると、片方の手だけで淡雪を抱き、もう片方の手を陽へと差し出した。

陽は一瞬迷ったが、これから伽羅と椽が大事な話をするのだろうということは分かったし、

「はるどの、われらはいちじ、たいりょくおんぞんにつとめましょう。なにかあったとき、びりょくでも、おてつだいできるやもしれません」

シロがそう助言したこともあり、伸ばされた龍神の手を取った。

そして居間をあとにしかけたが、その寸前で足を止め、伽羅と椽を振り返った。

「きゃらさ…、つるば…っさん……、ボク…なぃ…っ…か、できっ…こと、あ…、ぁった…ら、…っしえて……」

嗚咽《おえつ》に喉を震わせながら、陽は言う。

「もちろんです。頼りにしてます」

伽羅はそう言い、陽を送りだした。

淡雪の泣き声が遠ざかったところで、伽羅は縁側の障子戸を閉めて居間に結界を張り、外からの余計な音をシャットアウトした。

シャットアウトしたのはあくまでも「余計な音」だけで、必要な呼びかけは聞こえるし、龍神

が金魚鉢に戻りに来れば入ってこられる。

とにかく、できるだけ集中して考えなければならない状況だった。

「……倉橋さんが生きてるってぇのは、本当なんだな」

伽羅が結界を張った直後、橡が聞いた。

「ええ、生存だけは確認できましたから。ただ、本当に撮影の機材や、レスキュー隊が使う調査機械なんかが邪魔で……。撮影用のヘリだけは、風圧と音圧で崩落を誘発しかねないんで、すぐ撤退させる指示を出すように仕向けておきましたけど」

伽羅は難しい顔をして目を閉じる。

残してきた「目」を使っているようだ。

「……雨が続いてるせいで、地盤がずいぶん脆《もろ》いですね。自然崩落するかもしれないんで、結界で強化しないと」

「それは、俺がやる」

橡の返事に、伽羅は一度目を開けて橡を見た。

一瞬考えるような間を置いたが、

「じゃあ、お願いします。俺の『目』と同期してもらえますか」

伽羅はそう言って再び目を閉じる。

橡は伽羅の『目』に自分の意識を合わせた。

降り続く雨。

赤点滅の光と、物々しい装備の人間が崩落現場を前になすすべもなく、ただ現状把握に努めるので精一杯の様子なのが見えた。

「今から座標を送るので、結界をお願いします」

伽羅の言葉のあと、崩落した場所の五ヶ所に五つの狐尾が灯った。

その場所を支柱に橡は結界を張る。

「……これでいいか」

「ええ。とりあえず、一晩はもつと思います」

了解が出たところで橡は目を開ける。やや遅れて伽羅も目を開けた。

「さて、これからどうするか……ですね」

伽羅が呟いた時、縁側の障子戸が開き、龍神が居間に入ってきた。

「陽も淡雪も泣き疲れて寝たぞ。布団に寝かせて、シロに様子を見させてきた」

「そうですか……お疲れ様です」

伽羅は初めて淡雪の世話をすることになった龍神を労う。そして橡も、

「すまねぇ、手間、かけさせた」

そう言って謝罪した。

だが、龍神は頭を横に振ると、座りながら言った。

「大して力の使えぬ我にできることは限られている。現場に手出しできぬ以上、そなたら二人の助けをするのは当然のことだ」

「ありがたいです……」

礼を言った伽羅に龍神は聞いた。

「生きていると言ったが、助け出せる手立てはあるのか」

「考えてはいますが……倉橋殿の状態が分かってからでないと、詳しくは……。とりあえず今は現場の崩落を橡殿が結界を張って止めてくださってるんで、俺は妙な連中が関与してこないように監視してます。今回の件は……普通じゃありませんから」

伽羅が言うのに、龍神はそっと伽羅に手を伸ばし、聞いた。

「現場を見たい。いいか？」

「どうぞ」

答えた伽羅の額に龍神は指を押し当てると目を閉じる。そしてややしてから目を開けた。

「人の力でどうこうできる状況ではないな」

「ええ。……ハイパーレスキューを呼ぶってことになると思いますけど……遠方ですから到着までに時間がかかるでしょうし、車がどの位置にあるかの特定も人の力では難しいでしょうね……三、四日かけてなんとかってところじゃないかと」

どこか他人事のように聞こえる伽羅の言葉に、

「今、生きてても、そんなにもたねぇだろ……！」

椽はいら立って吐き捨てるように言った。

「分かってますよ。どのみち、人の目が多い今は何もできません。とにかく、これ以上状況が悪化しないように守りを固めて、夜になるのを待つしかありませんよ」

伽羅は冷静に返し、龍神も頷いた。

それに椽は、すまねぇ、と謝り、俯《うつむ》いた。

そして、なぜ、と、問う。

昨日、会った時には、何の気配もなかった。

そう、あれはまだ、昨日のことだ。

やっと気づいた自分の気持ちを、倉橋に告げた。

『先がない』ことへの焦燥も、なかったとは言わないが、ただ、その時に感じた『先のなさ』は今のような状況を予測してではなかった。

今すぐにでも助けに行きたい。

自分になら、その力があるのに、今は伽羅の言うとおり、待つしかない。

それが酷くもどかしく、そしていら立つ。

だが、いら立つのはそれだけが原因じゃない。

――生きてるって分かっただけでもいい。……ありがとう――

――倉橋さんのこと、守ってくれ。頼む――

倉橋の無事を願う涼聖のまっすぐな言葉が、胸に突き刺さった。

涼聖はいつも自分の気持ちに素直で、それをまっすぐに言葉にする。

今にしてもそうだ。

橡とは違い、ただの人間でしかない涼聖には、こういう局面でできることは何もない。

そのことはまた橡とは違う意味でいら立ちと、無力感を抱かせるものだろう。

そんな感情を抱えた上で言ったのが、あれだ。

「言葉にする」というのは、ある意味で勇気が必要なことだと橡は思う。

それは、ともすれば自分の内面の弱みや醜さを露わにしてしまうものでもあるからだ。

しかし、涼聖は躊躇《ちゅうちょ》しない。

涼聖にとっては、どんな感情を持つことも、すべてが「自分」なのだろう。

何が表に出ても、むき出しにされてもかまわない、と覚悟しているのかもしれない。

本人は自覚していないかもしれないが。

――俺には、できねぇ……。

倉橋の身を案じて、気持ちが乱れていることは、伽羅には悟られているだろう。

悟られていると分かっていても、押し隠そうとしてしまう。

『橡』として、烏天狗《からすてんぐ》の首領として、自分の胸のうちを誰彼なく見透かされるようではいけないのだ。

一族を統べる立場にいるということは、自分の弱みを悟られてはならないということなのだと、先代から教えられた。

そのことが絶対的に正しいとは思わないが、間違ってはいないだろう。

先頭に立つ者が迷っていれば、一族の崩壊を招く。

だが——今の自分の乱れた胸のうちを、どうすれば立て直せるのか分からなかった。

——椽さん——

何気ない、自分を呼ぶ時の倉橋の声が、脳裏に蘇る。

特別でもなんでもない、声。

なのに、誰の声よりも鮮明に思い出せる。

もしかしたら——もう、思い出の中でしか、聞くことができないのかもしれない。

そう思った途端、今まで感じたことがないような感覚が椽を覆った。

「しっかりしろ、烏天狗の総領だろう」

凛《りん》とした、だが重みを感じる声が椽の意識を呼び戻した。

「龍神……」

「思い悩むのは、勝手だ。だが、無用な心配で余計なモノを呼び込むな。夜になれば、伽羅の目はもっと利く。倉橋の様子も詳しく分かるだろう。その後はおまえたちの出番だ。それまで余計なことを考えて消耗するのはやめておけ」

龍神はそう言うと、

「伽羅、我はしばし眠る。次に赤子が泣いても、起こすなよ。むしろ、起きるのは無理だぞ」

伽羅に向かって言い、返事を待たず金魚鉢に戻った。

寝ているところを叩き起こされ、淡雪の子守りを――伽羅も椽もそれどころではなかった――させられた龍神は、いささか寝不足で限界だった様子だ。

「椽殿、倉橋先生のことが心配なのは分かります。でも、龍神殿の言う通り、夜に向けて力はできるだけ残しましょう」

伽羅の言葉に、椽は、ああ、とだけ返した。

◆◇◆

診療所を終え、涼聖と琥珀が戻ってきたのはいつもと同じ時刻だった。

玄関に入ると、陽とシロが帰りを今か今かと待ちかねた様子で迎え出てくれていて、涼聖と琥珀の顔を見るなり、

「りょうせいさん、こはくさま！　くらはしせんせい、だいじょうぶだって！」

真っ先に報告して来た。

「そうなのか、よかったな！」

涼聖は嬉しそうに言い、陽とシロと喜びを分かち合い、琥珀は微笑む。

だが、すでにそのことは伽羅から琥珀を通じて涼聖は聞かされていた。

涼聖が夕方の診療に入って間もなくの頃、診察を終えて待合室に次の患者を呼びに出た時、琥珀がそっとメモを渡してきたのだ。

――伽羅より、倉橋殿は、打撲はありそうだが、命に別状はなさそうな様子との連絡あり――

崩落拡大の危険のため、広めにとられた規制線の向こうに取材陣は追いやられ、ドローンを含め、上空の飛行が禁じられた。

現場には調査のための機械だけが残されたが、その程度であれば伽羅の「目」はさほど干渉を受けることなく機能し、倉橋の詳細が分かったのだ。

大きな怪我をしていそうな様子はなく、また感じる生気も命に関わるような消耗は見られなかった。

陽とシロを連れ、居間に入ると、そこには伽羅と橡がいて、カレンダーの裏紙に写しだした現場の詳細な地図に、いろいろと書きこんでいるところだった。

「お帰りなさい、琥珀殿、涼聖殿。迎えに出ず、すみません」

伽羅は地図から一度目を離して言ったものの、すぐ地図に目を戻した。椽も軽く会釈をしたあと、また地図に目を戻す。

「いや、忙しいのは分かってる」

涼聖が言うと、

「夕食、昨日までの残り物で陽ちゃんにはすませてもらったので、お二人もそれでいいですか？　冷蔵庫に入ってます」

それでも伽羅は夕食のことに気を回して返してきた。

「そんなことまで気を使わせて悪い。向こうで食ってくる。琥珀、おまえは？」

琥珀は習慣的に一緒に食事をしているが、基本的に食事の必要はない。

それは伽羅と椽も同じで、恐らく二人も今日は食事をしていないだろう。

「いや、私は今夜はかまわぬ」

琥珀の返事は予想していたものだった。

すぐにでも倉橋を助け出すための話し合いに参加したいのだろう。

「分かった。じゃあ、陽、シロ、俺と台所に来てくれるか？　一人で飯食うのも寂しいから一緒にいてくれるとありがたい」

居間で三人が話し合いをするのなら、陽とシロがいては邪魔とまではいわないだろうが、あまりよくはないだろうと察して、涼聖は二人に声をかける。

陽は倉橋のことが気になるので少し戸惑ったような顔をしたが、

「そうですね、ひとりでたべるのは、あじけないですね。はるどの、りょうせいどのがおめしあがりになるあいだ、ごいっしょしましょう」

シロが言うと、陽は頷いた。

シロは陽とさほど年回りは違わないが長く生きている――生きている、というと語弊があるが、長く存在している――分、自分の置かれた立場や立ち位置というものを察することができる。

今の自分にできることは、琥珀たちの話し合いの邪魔をしないことだと悟って、陽を促したのだ。

「ありがとな、じゃあ行こうか」

涼聖が陽とシロを伴って台所へと向かうのを、琥珀は気遣わしげな眼で見送り、それから視線を伽羅と橡へと向けた。

「私に手伝えることがあれば、子細を頼む」

「助かります」

琥珀の言葉に伽羅はそう言ってから、地図を指差した。

「今、橡殿がこの場所に結界を張って新たな崩落を止めてくれていますが、今夜一晩もてばいいところかと。なので、今夜中に倉橋先生を助け出す必要があります」

「私は何をすればよい」

「橡殿に代わり、結界をお願いします。俺は、設置されてる監視カメラやなんかの映像を殺しちゃうんで、その間に橡殿に倉橋先生を助けに行ってもらいます」

伽羅の言葉に琥珀は眉根を寄せた。

「直接、助けに行くのか？」

琥珀の問いに橡は頷き、伽羅は、

「それしか方法がないんです。探ったところ、倉橋先生の車は土砂のずいぶん下で……周囲の岩同士が重なってたまたまちょっとした空間ができてるんで、車体が押し潰されずに済んでますけど、そうじゃなきゃ車は潰されてたと思います」

今の倉橋の状況を伝え、

「なので、倉橋先生を自力で出てこられるように誘導するのは難しいんで、橡殿に」

再度、橡が助けに行くことを告げる。

「だが、それでは倉橋殿が橡殿の存在に気づく可能性が高いのではないのか」

それはすなわち、人間ではない、と気づかれる可能性があるということだ。

「……それは承知の上だ」

橡が言った。

「しかし、それでは…」

「時間がねぇし、あの人の命には替えらんねぇ」

言いかけた琥珀の言葉を遮り、橡は押し切った。

その強い言葉に、琥珀は一拍間を置き、

「分かった。私が結界を担当する。座標を確認させてもらえぬか」

そう言った。

「分かりました」

伽羅が答えると地図上に赤く光る点が五つ見えた。

「……地脈がずいぶんと弱っているな。今すぐ代わるか？」

琥珀は座標を確認し、橡を見る。

「いや……あんたの力を信じねぇわけじゃないが、今は俺が。時が来たら、代わってくれ」

橡の言葉に琥珀は黙って頷いた。


間もなく日付が変わろうとする時刻に、琥珀、伽羅、橡の三人は現場へと向かった。

崩落現場の真上に位置する、例の集落跡に降り立った三人はそこから現場を見下ろす。

現場は投光機の光で照らされ、安全確認のための作業にレスキュー隊が出ていたが、崩落現場近くで新たな亀裂がないかを確認するのが限界のようだ。

張りつめた空気の中、

「それにしても、陽ちゃん、思ったより早めに寝てくれてよかったですね」

緊張を紛らわせるためか、伽羅が不意に言った。

『ボクもなにかおてつだいしたいの』

涼聖と一緒に風呂に入り、寝支度をしたあと、真剣な顔で詰めよってきた陽の気持ちは痛いほど分かった。

親しくしている倉橋のために、何ができるのか分からないが、何かしたくて必死なのだ。

その陽に、琥珀は言った。

『では、陽には今宵、この家の守りを固めてもらおう』

『このいえのまもり？』

陽はピンと来ない様子で首を傾げた。

『そうだ。今宵、私と伽羅殿、橡殿は倉橋殿を助けるのに手一杯で、いつものようにこの家の結界を保ち、守ることが難しくなる。そこを何者かが突いて侵入してくれば、おまえやシロ殿はなんとか逃げおおせることができるやもしれぬが、涼聖殿や、幼い淡雪殿、力を取り戻していらっしゃる最中の龍神殿は無事ではないかもしれぬ。……そのようなことにならぬよう、私に代わってこの家を守ってほしい』

真剣な顔で告げた琥珀に、

『はるどの、こうこのうれいなく、ことをなしていただくためには、じゅうようなおしごとです』

シロが陽に告げた。

『こうこのうれいって、なに？』

なんとなく大事なことだというのは分かったが、シロの言葉は、陽には難しかった。

『分かりやすく言えば、この家に悪さする人が来たりしないか心配で、琥珀殿や俺たちが倉橋先生を助けるのに全力を尽くせなくなる、なんてことがないようにってことです。陽ちゃんが代わりにこの家を守ってくれるなら、俺たちは安心して倉橋先生を助けに行けるんです。お願いできますか？』

伽羅が分かりやすく説明し、陽は少しして、うん、と頷いた。

本当は琥珀たちと一緒に行きたいのだということは分かったが、陽にできることは、正直、何もないのだ。

『わかった。おうちで、りょうせいさんと、あわゆきちゃんと、りゅうじんさまをまもってる』

『われも、びりょくながら』

陽に続いてシロも言った。

そんな陽とシロに、

『二人がちゃんと守ってくれるなら、俺たちは安心して眠れる。な、淡雪ちゃん』

ずっと客間で寝ていたのに、ついさっき目を覚ましてしまい、ぐずぐずと泣いている淡雪を抱いてあやしながら涼聖が言う。

『うん、がんばる。どうしたらいいの？』

具体的な方法を聞いてきた陽に、簡単な結界符を書いて渡し、それに祈るように伝えると、陽とシロは——シロはおそらく、陽を納得させるために適当な役目を振られたと気づいているだろうが——その札に向かって祈りを捧げ始めた。

とはいえ、いつものおねむタイムを三十分も過ぎれば、やる気はあっても体のほうは限界で、頭を大きく傾げ始め、やがて陽は眠ってしまった。

「騙《だま》した後ろ暗さは感じるが、な」

琥珀は呟くように言ってから、結界を張る場所を確認する。

「……これほどまでに地脈が弱っていれば、先日来た時に何か感じたはずなのだが……」

「意図的なもんだろうな……。不自然だ」

榛の口調は淡々としていたが、そこはかとない怒りを含んでいるようにも感じられた。

「今回のことは全部、おかしいですよ。倉橋先生からだって、そんな気配は微塵《みじん》もなかったですしね……」

伽羅はそこまで言って言葉を切ると、

「まあ、究明は倉橋先生の救出後にしましょう。……二人とも、いけますか？」

琥珀と榛に確認を取った。

「ああ」

頷いた榛に、

「では、結界を代わろう」

琥珀は言い、椽が展開している結界の上に寸分たがわず重ねるようにして結界を張る。

「俺の結界を消すぞ。一気にそっちに負荷が行く。気をつけてくれ」

椽の言葉に琥珀は頷き、彼を見る。椽はそれに頷き返し、軽く目を閉じ息を吐いた。

その瞬間、崩落しようとする土地を支える負荷が一気に琥珀へとかかった。

「琥珀殿、大丈夫ですか」

一瞬、たじろいだ琥珀に伽羅が声をかける。

「瞬間的な負荷に驚いただけだ。大事ない」

琥珀の言葉通り、大地には何の異変も起きてはいない。それを確認してから、伽羅は椽を見た。

「投光機を消します。五を数え終わるうちに、ここを狙ってる望遠の暗視カメラはループ映像に変えて、近場の電気系統は全部、原因不明の電力落ちにしちゃいますから。そのあと、倉橋先生のところへ。助け終えたら、合図ください」

「分かった」

「じゃあ、いきますよ」

伽羅が言い終わった瞬間、現場を照らしていた投光機のすべてが消えた。

突然のことに確認作業に出ていたレスキュー隊が声を上げているのが分かる。

月もない暗闇の中、翼をはためかせる音がした。

椽の羽音だ。

椽は迷わず崩落した現場の一点に降り立つと、軽く膝を折り、手のひらを土に押し当てた。

その瞬間、一部分だけ土砂が飛び、二メートルほど下に車が見えた。

倉橋の車だ。

横転し、助手席側が上になる形で車は岩と土砂に挟まれていた。

車の上にそっと降り、椽は中を覗き込んだ。

真っ暗な車内の運転席に倉橋の姿はなかった。

――なんで、いねぇ……！

背筋を冷たいものが流れ落ちる。だが、後部座席に目を凝らすとそこにぐったりとしている倉橋の姿が視えた。

途中で広い後部座席に移ったのだろう。

「倉橋さん、おい、倉橋さん」

窓ガラスを叩き、声をかけるが反応はなかった。

椽は窓ガラスに手を押し当てて、ガラス片が飛び散らないように加減して妖力で窓を割ると、車の中へ入った。

広いとはいえ、狭い後部座席で、窓部分に腰を下ろし、座面に背中を預けてぐったりと目を閉じている倉橋に、そっと手を伸ばし触れる。

触れた肌は温かく、生きている、ということは分かっていたが、その肌の温度に椽は言いようのない感情が一気に胸に湧いてくるのを感じた。

「倉橋さん……」

小さく声をかける。

その声と、触れる手の感触、そして割った窓から入って来る新鮮な空気の気配。それらすべてに五感を刺激された倉橋はすぅっと閉じていた目を開いた。

「……っ、るばみ、さん……?」

暗闇の中、ぼんやりとした眼差しははっきりと椽の姿を捉えられてはいない様子だった。

「すぐ、ここから出してやるから。少し待ってくれ」

椽は言うと後部座席へと入りこんだ。

「立てるか?」

倉橋の手を取り、立つように促す。倉橋は椽の手をしっかりと握り返し、後部座席のヘッドレストなどを支えにしながら立ちあがった。

そんな倉橋の体を椽はしっかりと抱きしめる。

「できれば、少し目を閉じててくれ」

「…分かった」

倉橋の返事に椽は小さく息を吸うと呪文を呟いた。

その瞬間、倉橋を抱いた橡の体は一瞬で車外へと飛び出し、そのまま目的地へと飛ぶ。それは崩落現場の真下、まだ崩落した土砂が及んでいない川岸だった。

「もう、目を開けていいぞ」

橡はそう言うと抱きしめていた倉橋の体を離した。

倉橋は目を開けたが、自分のいる場所がにわかには分からず、周囲を見渡し、そして、橡の姿に目を見開いた。

橡の背中には、漆黒の翼が広がっていたからだ。

それは、陳腐な言葉で表すならば悪魔のような姿で、倉橋は絶句した。

その倉橋の視線を受けても、橡は平然とした様子で、手のひらに何かを描くと手を地面へと向けた。

すると砂利の地面に自分の居場所を中心に、闇に溶け込みそうな鈍い青色に光る魔法陣のようなものが浮き上がった。

「これ…は……」

「今は説明まではできねぇ。いいか、これから二度目の崩落が起きる。あんたはその崩落で、たまたま車が土砂の外に放り出されて、割れた窓から脱出した。いいな?」

橡の言葉が飲み込めず、倉橋は眉根を寄せた。

「え……?」

「あんたは、たまたま二度目の崩落で車が土砂から放り出されて、割れた窓から脱出できたんだ。繰り返して。あんたはどうやって助かったんだ？」

「二度目の崩落で、車がたまたま土砂の外に出て……割れた窓から、外に」

「そうだ。そう言えばいい」

椽は言うと、視線を崩落現場のほうへと向けた。

「いいぞ、やってくれ」

誰に向けた言葉か分からず、倉橋が問おうとした時、何の前触れもなく轟音《ごうおん》が鳴り響き目の前に土砂が迫ってきた。

「……っ！」

反射的に逃げようとした倉橋の肩を椽が強く抱いた。

「大丈夫だ。ここまで土砂は来ねぇ」

その言葉通り、土砂は倉橋が立つ魔法陣のようなものの寸前で止まり、見てみると倉橋の車が土砂から半分、車輪を上にした状態で姿を覗かせていた。椽は近くまで落ちてきた土砂を手にすると、倉橋の服と頬を土で汚す。自力で這い出した、という演出のためだ。

「もうすぐ投光機の灯りがついて、監視画面も元に戻る。そうしたら、あんたの姿を誰かが確認するだろう。そうすりゃ、すぐに助けが来る。それまで、ここで待て。いいな」

茫然とする倉橋に椽はそう言うと、返事を待たず、地面を蹴った。

そして背中の翼をはためかせ、夜空へと飛び去った。
その姿はすぐに夜闇に溶け込んで、何も見えなくなった。

2

投光機の光が戻り、広域の監視画面映像にぼんやりと人の姿らしきものが映し出される。

『誰か…誰かいます、誰かいます！』

監視をしていたレスキュー隊員の声がテレビから聞こえ、レスキュー隊の監視カメラがズームでその「誰か」に寄る。

そこにはっきりと映し出されたのは、茫然としている倉橋の姿だった。

「奇跡じゃやねぇ……」

「ほんまじゃやなぁ」

診療所のテレビを見ていた患者たちから、そんな声が上がる。

倉橋の奇跡の救出の一部始終は、翌日早朝からテレビ各局で繰り返し何度も放送され、診療所でも昨日に引き続き、倉橋の話題で持ちきりだ。

「若先生は、倉橋先生に会いに行きんさるんかいね」

診療を終え、カルテを持って受付に出てきた涼聖に患者の一人が聞いた。

涼聖はテレビなどの報道よりも早く、夜中に帰ってきた琥珀や伽羅から、倉橋が無事に助けられたことを聞いて知っていた。

『涼聖殿、まだ起きていたのか』

驚いた様子で琥珀は聞いたが、倉橋が助かるだろうということは分かっていても、眠ることができるほど涼聖の肝は太くなかったのだ。

すぐに事の次第と、ついでに、淡雪はもう眠ってしまっているだろうから、ヘタに動かして起こしてしまうほうが厄介なので、朝になってから橡が迎えに来る、ということまでを聞いて、安心して眠ることができた。

朝、診療所に行く時にはまだ橡は来ていなかったが、淡雪は伽羅の離乳食を食べてご機嫌そのものだった。

その頃には涼聖の携帯電話にも倉橋が助かったというニュースが配信されていて、救出された時の映像も流されていた。

『暗視映像は時刻表示だけ動かして映像自体はバレないようにループさせてたんですけど、崩落が映ってないとまずいじゃないですかー。なんで、崩落は映させて、映っちゃダメなものは映らないように消して、いろいろ繊細な作業してるんですよー』

動画を覗きこみながら伽羅は言い、さらに、

『琥珀殿の崩落のコントロールがホント、すごくて！　狙い通りぴったりなんですよね。川のすべてを塞がないように、かといって、不自然にならないようにって！』

と琥珀を絶賛することも忘れないあたり、本当に琥珀大好きっ狐《こ》だなと改めて思わされた。

そして救出された倉橋は今、総合病院に入院中だ。

崩落の衝撃で深刻なダメージを負っていても不思議はないのでそのための検査と、あとは長時間、車内に閉じ込められていたことへの精神的なケア——もあるが、基本的にはマスコミからの隔離が目的だろう。

「一応、面会させてほしいと連絡はしてあるんです。倉橋先輩の状態がよければ午後に、とは言ってもらってるんですけれど……」

涼聖はそう答えたものの、悩んでいた。

倉橋は救出された時のことを聞いてくるかもしれない。

その時に、どう答えればいいのか、まったく分からなかった。

◆◇◆

「本当に良かったよ……。事故のことを聞いてから、生きた心地がしなかったからね」

その頃、総合病院の倉橋の許には成沢《なりさわ》が駆けつけていた。

救助の一報を聞いて、成沢は自家用ヘリで総合病院に文字通り飛んできたのだ。

「御心配をおかけして、本当にすみませんでした」

謝る倉橋に、成沢は安堵した様子で頭を横に振る。

「嫌だなぁ、謝んないでよ。倉橋くんの責任じゃないんだし……。でも、テレビや何かでも言ってるけど、本当に奇跡だよね。あの状況で、軽い脱水症状と打撲だけですんだなんて」

救出された倉橋は、現場からすぐにレスキュー隊のヘリで病院へと運ばれ、そのままひととおりの検査を受けたが、大きな怪我は何もなかった。

「そうですね……確かに」

「しかも、二度目の土砂崩れの時に自力で脱出したっていうし……咄嗟《とっさ》によくそんな判断できたね。外、真っ暗だったんでしょう？　投光機の灯りが落ちてて」

成沢の言葉に倉橋は苦笑する。

「土砂の中にいる間、ずっと真っ暗でしたよ」

「ああ、それもそうか」

「とりあえず、消耗しないように、余計なことは考えないようにして……どのくらい経ったか時間の経過も分からなかったんですけど、二度目の土砂崩れがあって……」

いや、その時にはもう外にいた。

隣には椽がいて、背中には大きな漆黒の翼があった。

その翼をはためかせて、椽は飛び去ったのだ。

確かに、一部始終をちゃんと見た。

だが、あまりにも現実離れしすぎていて、あれからまだ半日ほどしかすぎていないのに、すべてが夢のように思える。

「倉橋くん？」

黙ってしまった倉橋を気遣うように成沢が名前を呼んだ。

「ああ、すみません。ちょっと、ボーっとしてしまって……。無我夢中だったんだと思います。どうやって外に出たのか、はっきりと覚えてなくて……」

「無理もないよ。通常じゃ考えられないような経験だろうからね……」

労わるような様子で成沢は言ったあと、

「とりあえず、元気なのも確認できたし、僕は帰るね。このあと、オペがあるし」

そう言って立ち上がった。

倉橋の病室に来て、まだ三十分ほどだ。

「そんなに忙しいのに、わざわざ来てくれたんですね」

成沢のスケジュールが基本タイトなのは分かりきったことだった。

時間を割いて来てくれたのはありがたいけれど、申し訳のなさもあって、謝ろうとしたが、その前に、

「大事な倉橋くんのためだしね……っていうのはもちろんあるんだけど、せっかく自家用ヘリが

あるのに僕が使う機会って滅多にないんだよね。だから、今回チャンスだと思って、乗って来ちゃった」

笑って言う。

もちろん、倉橋の気持ちを軽くするために言ったのだということは分かった。

「院長がよく許可されましたね」

「一応、渋られたよ。でも、ほら『今使わずして、いつ使うのだ』ってやつだよ」

有名なアニメのセリフを真似て言う成沢に、

「成沢先生、本当に好きですよね、あのキャラ」

倉橋は少し笑う。

「相変わらず僕の憧れの女性リストのトップファイブにいるよ」

成沢はそう言ったあと、

「しばらくは静養してもらうつもりだけど、こっちで静養してもらうか、それとも東京に一旦戻ってそこで休んでもらうかはまだ決めかねてるんだ。もう一日くらい様子を見て、こっちの先生の診断を聞いたうえで決めようと思ってるけど、いいかな?」

倉橋に決定権はないのだが、予定を連絡する、という体で聞いてきた。

「はい。お任せします」

「分かった。とりあえず、今日はもうゆっくりして。本当に助かってよかったよ。……じゃあ、またね」

手をひらひらっと振って、成沢は病室を出て行く。

一人になった部屋で、倉橋は少し小さく息を吐き、そして目を閉じた。

思い出すのは、暗闇の中、時折不気味に響く車体がきしむ音。

嫌な想像に苛まれ、それを阻止するためにオペの術式を脳内で繰り返すか、目を閉じ、眠れるのを待った。

そして、触れた手の感触。

久しぶりの、新鮮な空気の気配。

——倉橋さん……——

——すぐ、ここから出してやるから。少し待ってくれ——

確かに橡の声だった。

その声に安堵したのを覚えている。

目を閉じるように言われて、気がつけば自分は外にいたのだ。

何が起きたのかは分からない。

二度目の崩落は、そのあとだった。

けれど……そんなことはあり得るはずもなくて。

背中に翼を負った橡に助けられた、なんて、誰が信じるというのだろうか。

それでも、あの時の声も、顔も、覚えている。

夜空にかすかに響いた、羽音も、すべて——。


翌日、昼までの診療を終えて涼聖は総合病院へと向かった。

いつも使う道が崩落事故で使えないため、病院とは反対方向にある月草《つきくさ》の神社がある街へと一旦出て、それから別の道で病院を目指した。

いつもなら一時間足らずで着くのに、迂回する車が多いせいもあって三時間近くかかってしまった。

病院に到着すると、駐車場には多くのマスコミ関係の中継車があり、敷地内のあちこちには関係者の姿が確認できた。

入院中の倉橋の姿を捉えたいのと、あとは病院関係者から少しでも他社と違う情報を引き出すためだろう。

彼らを横目に、涼聖は院内に入った。

面会の許可はとれているので、涼聖が受付に向かうと馴染みの係員が手元のメモ帳に病室の番号をメモして渡してくれた。

この病院にも一応特別個室というものがあり、倉橋がいるのはそこだった。

涼聖は病室へと向かいながら、柄にもなく自分が少し緊張しているのに気づいた。

昨日の夕方、病院長の会見があり、倉橋は打撲と軽い脱水症状が見られるものの、意識ははっきりしており、各種検査の結果特別な問題はない、と発表されていた。

だから、状態は悪くはないだろうし、琥珀と伽羅も心配はないと言っていた。

「失礼していいですか」

特別個室のドアをノックし、声をかけると、すぐに『どうぞ』と倉橋の声で返事があった。

ドアを開けると、患者への貸し出し用の浴衣風の病衣を纏《まと》った倉橋が退屈そうにベッドの上に座していた。

「やあ、よく来てくれたね」

いつもと変わらない様子で倉橋は涼聖を迎え入れた。

「お元気そうで……って言っていいのかどうか悩みますけれど、大変なことがあったわりにはいつも通りで安心しました」

涼聖はそう言って、持ってきた紙袋を掲げて見せた。

「これ、頼まれた着替えです」

「ああ、ありがとう。すまなかったね、走り使いのような真似をさせて」

倉橋は謝りながら紙袋を受け取る。

昨日、面会の申し出をしたあと、病棟看護師から電話がかかってきた。面会の許可が下りたこ

とを伝えるのと同時に倉橋からの伝言を預かっていると言われ、何事かと思ったら、

『替えの下着と、パジャマを二組ずつ、それから外出用の服を一式お願いしたい、とのことです』で、涼聖は今日、診療を終えたあと、倉橋が間借りをしている後藤《ごとう》の家に行き、言われたとおりのものを見つくろってやってきたのだ。

「どうにも浴衣は着なれないから、寝てる間にぐっちゃぐちゃになっちゃってね」

少し笑いながら倉橋は言う。

「俺もそうですよ。旅行の時はパジャマかパジャマ代わりの何かを持って行く派です」

「へぇ、そうなんだ。てっきりワイルドに裸で寝る派かと思ってた」

いつも通りの軽口に、涼聖は安心する。

安心しながら、けれど、まだ緊張していた。

「それにしても、特別個室ってやっぱり豪華なんですね」

病室を見渡し、涼聖は言う。

通常なら三人部屋として使われるくらいの広さがあり、トイレとシャワー、それに湯沸かしくらいならできる簡易キッチンがついていた。

調度類は豪華というよりはシンプルで機能的だが、壁にはよく分からないが高そうな絵画が飾られていた。

「地元の大物政治家とか、そういう人のためらしいね。まあ滅多に使われることがないらしいけ

ど。……貴重な経験させてもらってるよ」

「入る時も厳重なんで、さすが特別個室って思いましたよ」

この部屋はナースステーション脇にあるのだが、部屋に入るための扉は二つある。最初の扉はナースステーションで操作をしなければ外からは開かない仕組みで、中に入る人間を完全に管理しているのだ。

涼聖もそこで受付をすませて解錠してもらい、入った。

そしてその奥にあるのが普通の部屋の扉だ。

「時の人、ですからね。……院長が昨日の会見で、打撲と軽い脱水症状だけだっておっしゃってましたけど、大丈夫なんですか?」

「ああ。シートベルトのおかげかな。派手な崩落に巻き込まれたわりにはね。PTSDに関しては分からないけど」

涼聖の問いに倉橋は一度言葉を切り、それから続けた。

「極限状態に置かれた人間が幻覚に似たようなものを見る、というような症例があるのは香坂《こうさか》も知ってるだろう?」

「ええ。遭難事故などでも見られる状態だと」

「俺は、自分の見たものが幻覚なのか、それとも事実なのか分かりかねてる」

倉橋はそう前置きをして、

「助かったのは、二度目の崩落でたまたま車が土砂の外に投げ出されて、割れた窓から自力で這い出したと説明されてると思うが、俺は二度目の崩落前には、もう車の外にいたんだ」

淡々とした口調で言った。

それを涼聖は黙って聞いた。

「二度目の崩落前、土砂の中にまだ車が埋まってた時だ。どうやってかは知らないが、橡さんが助けてくれたんだ。外に連れ出されて、その時に、二度目の崩落でたまたま車から出られたと説明するようにって言い含めたあと、橡さんは背中に生えた大きな翼で飛んで、いなくなった。……真っ黒な翼だった」

倉橋の言葉に、涼聖は黙したままだった。その涼聖に、倉橋は自嘲めいた笑みを浮かべると、

「精神的に追い詰められて、助かりたい一心でそんな幻覚を見た。もしくは記憶を、そうすり替えたと考えるのが正しい判断だとは思うが……」

そう分析を付け加えたが、涼聖は頭を緩く横に振ると、

「先輩の体験したことは、夢でも、幻覚でもありません」

きっぱりと告げた。

涼聖の言葉に、倉橋は息を呑んだ。

「それは……」

「何から話せばいいのか分かりませんが……橡さんと、淡雪ちゃんは人間じゃないんです」

涼聖が告げた言葉に倉橋は言葉も出ず、目も見開いたままになった。

その倉橋の様子を見ながら、涼聖は昨夜のことを思い出していた。

陽が眠ったあと、明日倉橋の見舞いに行く、と琥珀と伽羅に伝えた涼聖は、抱えている懸念についても話した。

「助けられた時のことを、倉橋先輩は覚えてるんだろ？」

涼聖の言葉に琥珀は頷いた。

「記憶を消す処置は、私はしておらぬ」

「俺もです。多分、橡殿もだと思います」

伽羅も続け、その言葉に涼聖は眉根を寄せた。

「なんで、記憶をそのままにしたんだ？　できるんだろ？」

以前、千歳《ちとせ》が川で溺れかけた時、前後のことをほとんど覚えていなかった。

普通に忘れたのか、それとも意図的に消されたのかは分からないと言っていたが、裏返せば、つまりは意図的に消すことができる、ということだ。

「幼い子供のように未熟な者や、精神的に不安定な者であれば可能だが……倉橋殿のように強い意思を持っている者の場合、容易には行えぬ。無理に行えば負荷がかかりすぎるゆえ」

琥珀は静かな声で説明した。

それに涼聖はどうしようもない気持ちになったが、小さく息を吐き、聞いた。

「……明日、先輩にその時のことを聞かれたら俺はどう答えればいい？　橡さんの正体っていうか、そういうのも多分、バレてるんだろ？　……事故の影響で混乱してるんだろうって、ごまかしたほうがいいのか？」

普通じゃない経験をしたのだ。

そう思わせるのは簡単ではないが、時間をかければそれも可能だろう。

だが、琥珀は、

「これまで、倉橋殿には我らの正体を隠してきた。それは、倉橋殿と交流をするのに必要のない情報だからだ。だが、今回は違う。倉橋殿は我らのような者の存在を知った。それを違うというのは嘘《うそ》になる。……涼聖殿は、大切な友人にずっと嘘を吐き続けることになる。無論、我らの正体を明かし、倉橋殿がそれを受け入れられるかどうかは分からぬし、気味の悪い存在として、我らとともにいる涼聖殿を遠ざける可能性もある。どちらがよいとははっきり言えぬが……嘘は気分のよいものではない」

倉橋に真実を告げる選択を言葉にしたが、迷っているのか、伽羅を見た。

「伽羅殿、そなたなら、どうする」

「難しいところですね……。ごまかせるのならごまかしたいって気持ちはありますよ。でも、嘘はいずれ破綻しますから……」

伽羅も同意見のようだった。

それでも涼聖は迷って、答えを出せなかった。

そんな涼聖に琥珀は、

「どちらにせよ、涼聖殿が決めればいい。我らの正体を明かすも、明かさぬも。どちらも倉橋殿のことを考えて出し得た答えであれば、最善へと導かれるはずだ」

そう言い、無理強いはしなかった。

そして、ここに来る車内でも悩んで、出した答えは「すべてを話す」ほうだった。

「多分、信じられない話だと思うんですけど、あの二人だけじゃなくて、琥珀や陽、伽羅も、人間じゃないんです」

「あの三人も……」

茫然と呟く倉橋に涼聖は頷いた。

「種族は違うんですけど、橡さんと淡雪ちゃんは烏天狗って呼ばれる存在で、琥珀たちは稲荷神《いなり》なんです。うちの庭の祠は琥珀を祀《まつ》ったもので、山の上のは伽羅の祠です。……本来、彼らは人間と深く関わったりはしないっていうか、姿を見せるとか、そういうのはしないらしいんですけど……」

涼聖はそう言ってから、こっちに来て間もなくの頃、琥珀が大怪我をして、陽に頼まれて治療を続けるうちに一緒に暮らすことになったこと、その関係で伽羅や橡たちと出会ったことを説明した。

「完全に夢物語みたいなことで、信じろって言われても無理な話だとは思います」

茫然としたまま話を聞いている倉橋に、涼聖は言った。

だが、倉橋はややしてから、

「自分が体験したことが事実だというなら、香坂の話もまた、事実なんだろうと思う」

一言一言、自分でも確認するようにして言った。だが、すぐに、

「ただ、いろんなことの理解が追いつかない……。本当にそんなことが起こりうるのか、俺の知っている知識を超えた話すぎて」

難しい顔で、続けた。

「いえ、それで普通だと思います。俺の場合、いろいろ怒涛《どとう》すぎてなし崩しに信じるしかなかっただけで」

信じる、信じないというより先に、医者として怪我をした琥珀を救うことが最優先で、気づけば当然のように受け入れていた、というのが涼聖の実感だ。

だが、倉橋はそうではないだろう。

あんな事故に遭って、落ち着いているように見えても精神状態は「これまで」とは違う。それに加えて、『人ではないモノの存在』について聞かされたのだ。

混乱などという言葉では片づけられないだろう。

涼聖はしばらく黙って倉橋の様子を見たあと、その沈黙が重くなりすぎないうちに口を開いた。

「先輩、これからどうするんですか？」

「どうするって……？」

「あー、スケジュール的なことです。退院の時期とか、あと、成央に戻る件とか」

涼聖の言葉に、倉橋はどこか安心したような顔をした。

回答に困る質問ではなかったからだろう。

「検査の結果、何の問題もないから明日には退院するよ。その時に、会見ってほどじゃないけど、報道関係が集まってるから、ちょっとしたインタビューくらいには応えてほしいって言われてる」

「退院できるんですね」

だったらパジャマは一組でもよかったんじゃないのかと思ったのだが、

「まあ、そのまま成央に拉致されるんだけどね」

倉橋は苦笑した。

「拉致って……」

「迎えの車をよこすって。電車より時間かかっちゃうけど、俺は今、一瞬だけ有名人期間に入ってるから、駅なんかでマスコミが大挙すると迷惑になるだろうからって」

「確かにそうですね。病院前も、民放各社の中継車が勢ぞろいでしたから」

「そうみたいだね」

倉橋は返したあと、不意に思い出したように笑った。

「そういえば、昨日、成沢先生が来てくれたんだけど」

「そうなんですか？　忙しいのによく時間とれましたね」

多忙を極めるといっていい成沢が来たというのは、ここまでの移動時間を考えると驚くべきことだ。

「飛んできたんだよ。自家用ヘリで」

付け足された言葉に、涼聖はため息しか出なかった。

病院のドクターヘリではなく、自家用ヘリであるあたり、やっぱり御曹司だよなと思う。

「今朝、退院していいってことになって連絡したら、その足で戻ってほしいって言われて……あの人嬉々として『ヘリで迎えに行くよ！』って……。もう、お気に入りのおもちゃで遊ぶ子供レベルで言われてね」

「あー……なんか、予想できます」

「謹んで強くお断りしたよ。それで、迎えの車を出してくれるってことになって……」

倉橋はそこで一度言葉を切り、涼聖を見た。

「今回の事故の報告なんかもあるから、当初の予定より少しかかるかもしれないけれど、もう一度ここに戻ってくるから」

「はい」

「それまでには、心の整理をつけておくよ。橡さんたちのことも、いろいろ」

その言葉に涼聖は、ただ頷いた。

◆◇◆

しばらく話をしたあと、涼聖は帰っていった。

一人になった倉橋は病室でこれまでのことをいろいろと思い返した。

考えてみれば、初めて淡雪を診察したのはここに来たばかりの頃だ。

子供の成長は早い。特に乳児は、季節が一つ過ぎただけでもかなりの成長を見せるのに、淡雪は成長していない。

それは陽も、だ。

陽と出会ったのはそれよりももっと前なのに――リバーシが強くなっていたり、九九が言えるようになったりというようなことを除けば、身体的な成長は見られない。

そのことを、どうして今まで疑問に思わなかったのだろうか。

――いや、俺だけじゃない。集落の人たちだってそうだ……。

淡雪はあまり集落に来たことがなさそうだが、陽は違う。

集落のほとんどの住民が陽のことを知っているのだ。

それなのに、成長しない陽を、彼らは平然と受け入れているように見える。

――なんでだ？

もしかすると、陽が……いや、陽たちが人ではない存在だということを、彼らは知っているのかもしれない。

――いや、それなら俺の耳に、あくまで噂《うわさ》としてでも、それに近いことが入ったとしてもおかしくないだろう……。

よほど強い緘口令《かんこうれい》が敷かれているのか、それとも、彼らも倉橋と同じように、なぜかは分からないがそのことを疑問に思ったことがないのか。

その問いの答えを、倉橋はしばらくの間、考え続けていた。

3

翌日、倉橋は予定通りに退院した。

病院の玄関前で共同マイクでの簡単な——体はもういいのか、や、今の心境などについて——のインタビューに応じたあと、成央からの迎えの車に乗り込んで、東京に戻った。

車はまっすぐに成央医大病院に入ったのだが、そこでもマスコミが待ち構えていた。

もちろん、来院患者の迷惑にならないように整然と並んではいたが、異様な光景だった。

「おかえり、疲れただろう、座って座って」

そのまますぐに院長室に迎え入れられ、父である院長とともに待っていた成沢は、まるでこの部屋の主であるかのように倉橋にソファーを勧めた。

倉橋は勧められたソファーのすぐ横に立つと、院長に頭を下げた。

「このたびは、様々な御配慮をいただきまして、ありがとうございます」

「ああ、いいから、いいから。とにかく無事でよかったよ。さ、座りなさい」

今度は院長に促され、倉橋はようやくソファーに腰を下ろした。

「しかし、大変な目に遭ったね。無事で本当によかった」

院長は倉橋を見て、しみじみといった様子で言う。

「向こうの病院から検査のデータを全部送ってもらってこっちでも確認して、問題がないのは理解してるけど、データに出ない不調はない？」

続いて、成沢が体調の確認をしてくる。

「打撲から来る首から肩にかけての張りが残っているくらいですね。長く続くようなら整形の先生に診てもらいます」

気になる症状と対処についての考えを口にすると、成沢は安心したような顔を見せた。

「もう、本当に良かったよ、その程度の症状ですんで。事故の一報が入った時は、まさか倉橋くんが巻き込まれてるなんて思ってなかったから……」

「あちらの病院から、もしかしたら君が事故に巻き込まれてしまったかもしれない、と連絡が入ってね。とはいえ、ああいう事故の時は我々には待つ以外はできないもんだからね……」

成沢と、院長の様子から本当に心配をしてくれていたのが伝わってきた。

「本当にご心配をおかけしてしまって」

「ああ、いいんだって。本当に、こうして無事に戻って来てくれたんだし、何よりだよ」

成沢はそう言ったあと、

「で、ここに戻るまでの道中の騒ぎでも薄々気づいてるかもしれないんだけど、今、倉橋くん、一番ホットな有名人なんだよね」

先ほどとは違う、やや軽めの口調で続けた。

「はい、一応、自覚はしているというか……」

「テレビでも『成央医科大学付属病院から派遣されている医師』って紹介してもらってることもあって、うちのほうにも会見要請がいっぱい来てるんだよね」

その言葉に、倉橋は続く言葉を半分ほどは察した。

それが表情に出ていたのか、

「智隆《ともたか》から聞いていると思うが、遠くない将来、智隆がこの病院を継ぐことになる。こちら側の勝手な計算で申し訳ないが、病院の名前と同時に、後継者として智隆の認知度を世間に向けてアピールしておく絶好の機会だと考えていてね。それに、マスコミは味方につけておいたほうがいい。倉橋先生を利用することになって申し訳ないが、できれば会見に出てもらえないだろうか」

院長は単刀直入に聞いてきた。

それに倉橋は頷いた。

「分かりました。俺としても、いつまでも追いかけられるのは不便なので、きちんと時間を取って話をさせてもらって、以降は仕事に差しさわりのないようにそっとしておいてもらいたい、という交渉は可能でしょうか?」

「可能だと思うよ。病院の広報を通じて交渉してもらおうか。期間を決めて、取材はその期間のみ。以降は差し控えてほしいって要望を出して、受けてくれたところにはきちんと時間を取って応対するってことにすれば……。まあ、パパラッチ的なのはどうしようもないかもだけど……瞬間的な有名人だから、日常的につきまとってくる相手はいないと思うんだよね。報道を見て、倉橋くんを個人的に見初めちゃったストーカーは別として」

成沢の言葉に、

「ストーカーは、成沢先生のほうにお任せします」

苦笑しながら倉橋は返す。

それは全力で遠慮したいなぁ、と言った成沢に院長は笑う。

その笑みが止む頃合いで、

「会見ですが……まだいろいろと頭の整理ができていないこともあって、二、三日待ってもらうことはできますか？」

倉橋は聞いた。

「そうだな。あんな事故のあとだし、きちんとした会見をするという前提なら、受け入れてもらえるだろう」

院長が頷きつつ返した。

「ありがとうございます。あと、今後の、成央に戻ってくる話についても……少し時間をいただけたらと。正直なところ、現実に感情が追いつかないような感じなんです」

倉橋の言葉に二人は無理もない、という様子で頷いた。

「長い時間、過酷な状況にいたんだから当然だよ。とりあえず、その話は記者会見後ってことで

「……院長もそれでいいですか？」

成沢は父親に判断をゆだねた。

「ああ、かまわないよ。とりあえず、少しゆっくりしてくれればいい」

院長の言葉に倉橋は礼を言い、それからしばらく、総合病院での救急外来の様子などを話した後院長室をあとにした。

そして、古巣である救命に少し顔を出し、心配してくれていた同僚たちに挨拶をしてから、こちらでの滞在に使うために準備してもらったホテルに、病院の車で向かった。

もともと住んでいたマンションは後輩に貸していて、そちらに戻っても眠るくらいのことはできるのだが、マスコミ関係が押しかけて来た時に近隣住民への迷惑になることが予想されたのと、病院側の――主に成沢の――配慮で、ホテルを準備してもらえたのだ。

ホテルの部屋は、特にどうということのないシングルルームだったが、気遣って特別な部屋を準備されていたら落ち着かなかっただろうし、自分が「特別な経験をした」ことを必要以上に感じてしまっただろう。

とりあえず、備え付けのポットで湯を沸かし、置いてあったパックのドリップコーヒーを入れる。

部屋の中に漂うコーヒーの香りを感じながら、倉橋は一つ息を吐いた。

「現実に感情が追いつかない、か……」

自分で言った言葉を、再び繰り返す。

しばらく待つ、とは言ってもらえた。

だがそれは「成央に戻る時期について考えること」をしばらく待つ、という意味だ。

戻るか、戻らないか、という話ではない。

もともと、総合病院に行ったのは、休暇で訪れていたあの集落で、地方の救急体制の脆弱《ぜいじゃく》さを目にしたからだ。

成央の救急体制も、整っているとはいえ、医師や看護師が潤沢というわけではない。

自分が抜ける穴は気になったが、総合病院の救急は早急に立て直す必要があった。

彼らは目の前の患者を救うのに必死で、救急体制の改革についてまで考える余裕などなかったし、倉橋が携わったことで実際に負担はかなり減った。

完全ではないものの、成沢が言ったとおり、すでに運用段階に入っている。

倉橋の仕事は終わったと言っていい。

だが――帰るという選択を、受け入れられない自分がいる。

今は、居続けられないことは、分かっていた。

必ず一度は成央に戻らなくてはいけないことも。

筋を通すのならば、必ずそうなる。

そしてそうしなければ、成央の学閥である総合病院にも迷惑がかかる。

「分かっているんだがな……」

とりとめもなく、名前をつけることもできない感情が湧いてきて、体中を埋め尽くしていく。その重さに頭が動かなくなってしまっているような気がして、倉橋は作ったコーヒーを一気に飲み干すと、部屋のテレビをつけた。

適当にザッピングをしていると、野生動物のドキュメンタリーが放送されていた。

『孵《かえ》った雛《ひな》は全部で五羽。親鳥はこれからが、また大変です』

野鳥の親子の様子を追っているらしく、木の枝に作られた巣には毛の生えそろわない雛が、親鳥が餌を運んで帰って来るたびに盛大に鳴いて、餌を口へと入れてもらっていた。

特に興味があったわけではないが、そのままぼんやりと見る。

雛は徐々に成長していくが、成長した分、食べる餌も増え、親鳥の負担は増える一方だ。雛を狙って他の動物がやってくることもあるし、巣の中でもぞもぞと動き始めた雛が巣から落ちそうになったりと、アクシデントがいっぱいだ。

それを乗り越えつつ、懸命に子育てをする親鳥の姿が、不意に橡に重なった。

夜の闇に溶け込むような漆黒の翼。

奇異な姿であるはずなのに、思い出しても恐怖や嫌悪感は湧いてこなかった。

あの時は、いろいろなことが分からなくて、茫然とするしかなく、何かを「感じる」ということそのものが難しかったからかもしれない。しかし、涼聖から正体を聞いた今も、おとぎ話じみたことに、まさか、とか、信じられない、というような感情があるだけだ。

「見知った相手だからか……？」

子育てにいっぱいいっぱいで、ぶっきらぼうだが基本的には優しくて――。

――俺は、多分、あんたのことが好きなんだと思う――

不意に、告白してきた言葉が脳裏に蘇った。

雨の合間の、つかの間の散歩。

まさか、そんなことを言ってくるとは思っていなかった。

「そうだ、俺、告白されたんだったよな……」

あまりに事故と、人間ではないということのインパクトが強くて、頭から吹っ飛んでいたが、事故の前に告白をされた。

思い出すと妙に胸がざわついた。

「恋」など、倉橋にとって長く馴染みのない感情だった。

卒業式前の駆け込み告白のようなものと同じだろうかと、考えていたが、椽は「人間」と、どういえば適当かわからないが「人間ではない者」としての差や違いを認識したうえで、告白してきたのだろう。

普通の人間のように成長しない淡雪や陽のことを考えると、椽は、見た目通りの年齢ではないのかもしれない。

今の時点で何歳かは分からないが、自分よりも生きている年数が上の可能性もある。

もしそうなら、自分のほうが先に死ぬことになるだろう。

見た目通りの年齢だとしても、もちろん、自分が先に死ぬだろうとは思うが、そういう意味ではなく、生きていられる期間が違うのであれば、敢えて告白してきたのはどういう意味でのことなのだろう。

仮に長く付き合えば、椽が年を重ねても容姿に変化がないことにいつかは気づいただろう。それとも、さほど長く付き合うつもりはなく、何年かで終わるようなスパンでのことなのだろうか？

——その程度の…束の間でいいと割り切ってのことか？

そう思うと、妙におもしろくない感情が湧きおこり、そんな自分に倉橋は戸惑う。

戸惑いながら、倉橋はふと思った。

——俺は、どうするつもりなんだろう……。

椽がどう考えているのかというよりも、まず自分が、あの告白を、どう捉えて、どう感じているのだろう。

いろいろと事情が変わった今では、考えることが複雑になりすぎて、また、思考が停止した。

◆◇◆

記者会見は四日後に設定された。

それまでは病院には来なくていい——というよりもホテルの部屋に極力こもっていて欲しい、というのが病院からのオーダーだった。

「やあ、元気にしてた？」

翌日の夜、仕事を終えた成沢が倉橋を訪ねてきた。

というか、昨日の夜も成沢は来た。

来る前に電話があり、何か欲しいものや足りないものはないかと聞かれて、インスタントコーヒーの粉と二リットルのペットボトルのお茶、それからなんでもいいのでカップ麺などの軽食を、と頼むと、

『ルームサービス頼んでいいんだよ？』

さらりと言われた。

もちろん、ルームサービスがあることくらい知っている。

だが、倉橋は結構、コーヒーを飲むタイプだ。飲みたくなるたびにルームサービスを頼むのは気が引けた。

食事も、さほど値段のしない朝食くらいなら頼んでもいいかなと思えるが、それなりの値段に

なる夕食まで頼むのは、いくら経費を病院が持ってくれるといってもできなかった。むしろ病院持ちだと思うからこそ、できなかった。

その旨を伝えると、成沢は笑いながらも、理解してくれた。

そして、言ったとおりインスタントコーヒーの瓶と、弁当——コンビニやスーパー、弁当店などのものではなく、成沢がよく行くというカジュアルなイタリア料理の店でテイクアウトしたもの——それからもしもの時のためのカップ麺を数個持って来てくれた。

そしてそれだけではなく、

「それから、これがメインのお土産」

にっこり笑顔で渡されたのは、厚めの茶封筒と、それからノートパソコンだった。

「……なんですか?」

やや、嫌な予感がしつつ問う倉橋に、成沢は笑顔のままで、

「ホテルに缶詰めって退屈でしょ? だから、暇つぶしに論文の手伝いをしてもらえないかなと思ってね。ああ代わりに書けって言ってるわけじゃないよ。僕が今まで書いたところを読んで、おかしいところがないか見てほしいんだ。あと感想も聞けたら嬉しいかな」

などと言って、論文を押し付けて帰った。

以来、成沢は出勤前に昼食を、そして仕事終わりに夜食を持ってやって来て、論文精査の進捗状況と、記者会見についての段取りの話をした。

「本当に助かるよ。自分で書いた論文って、どうしても目が滑るっていうか、結論が分かってるから斜め読みになっちゃって」

自分で差し入れとして持ってきたおつまみチーズを口にしながら成沢は言い、疑問点に立てられた付箋部分を確認する。

「俺も勉強になります……でも、普通に仕事してたほうが楽かなって思い始めたんですけど」

倉橋は成沢が病院の広報から預かってきた予想される質問に目を通しつつ、夕食として差し入れられたハンバーガー――これは倉橋がリクエストした――を食べる。

「そう言わないでよ。明日の夜までの辛抱だから」

笑いながら成沢は言ったあと、

「明後日の記者会見だけど、各社から被りそうな質問は代表質問って感じで、広報がまとめてくれてる書類の最初のほうの十番まではきちんと答えてほしいって。そのあとで各社からそれぞれ質問を受け付けるけど、その時に答えに困る質問が出た場合は、ごまかさないで正直に、答えられないって言ってくれていいからね。あんまり変な質問は出ないと思うんだけど、プライベートに突っ込んでくるような下世話な質問がないとは限らないから」

と、続けてきた。

「成沢先生みたいな大学病院の後継者ならいざ知らず、一介の救急外科医のプライベートの何が気になるんだか……」

苦笑しつつ返した倉橋に、

「女性週刊誌なんかだと、『ご結婚は？』とか聞いてきそうじゃない？　読者のニーズに合わせた質問っていうか」

成沢はあり得そうな言葉を返してきた。

「流れ弾が成沢先生に飛びそうな質問ですよね」

「やめてほしいなぁ。父親が会見のあとで本気で詰めよってきそうじゃない」

会見には当然、院長である成沢の父親も出る。

病のことは病院内でも一部の人間しか知らないのだ。

「院長、思ったよりもお元気そうでよかったです」

帰ってきてすぐに会った時の院長の様子を思い返しながら倉橋は言う。

「そうだね。……検査結果は思わしくないんだけど、まあ、見た目に元気そうってだけでも、こっちとしては救われるよね。本人も数値のわりには元気だって自分で言ってるくらいだから」

成沢の口調は変わらないが、決して平気というわけではないはずだ。

「何かあるとしても、まだ先の話ですよ」

余命宣告がなされているとはいえ、治療をしていないわけではない。

病へのアプローチはいろいろあり、院長は意欲的に治療をしているらしい。

それは、完治はしないとしても、成沢が後継者になるための準備期間を少しでも多く残すためのものだろう。

「そう、まだまだ病院に君臨し続けるよ。なんていったって、生涯現役、がモットーな人だからね。悪化しても特別室に入院ってことになるから、調子がよかったら車イスで出てくるつもりだろうし……。まあ、こっちとしても希望を最大限汲んで見送れるかなって、そういう意味ではあんまり悔いを残さないですみそうだなとは思ってる」

その時が、できるだけ遠ければいいと思っているだろうが、覚悟はある程度している様子でもあった。

「先生自身の『研究室で死にたい』って希望は、院長職を継いだら難しくなりますね」

そう言う倉橋に成沢は、うーん、と首を傾げたあと、

「できるだけ早く結婚して、跡継ぎを作って、さっさとその子に継がせちゃったら、その夢は実現できるんじゃないかなーなんて思ってるんだよね。来年結婚して、再来年子供が生まれて、医大卒業までストレートにいって二十八年でしょ？　平均余命より十年くらい長生きする予定にしとけば、子供が実績を積むの待っても大丈夫かななんて……」

頭の中でざっとしたプランを組み立てて言ってくる。

「壮大な計画ですね」

「まあ、夢は大きいほうがいいじゃない」

まるで子供のように無邪気な言い方をした成沢は、

ている。

「え？　夢、ですか……？」

突然だったこともあり、倉橋はすぐには答えられず、考え込んだ。

以前取り組んでいた虐待児童関係は、もう適任者に引き継いで、少しずつだが確実に先に進ん
でいる。

総合病院の救命救急の立て直しも、一応、基礎だけはできた。

だが、それは「夢」と言っていいものだったのだろうか。

虐待児童関連は義憤にかられてのものだったし、総合病院のほうも、「もっとうまく運用できる方法がある」と確信があって、導入したいと感じたからだ。

「え？　そんな難しいこと聞いた？　一つくらい、何かあるでしょ？」

黙ってしまった倉橋に、成沢は首を傾げる。

「夢と言われると…ちょっと」

「じゃあ、夢ってほどの大きいことじゃなくても、やりたいこととか、欲しいものとかは？　例えばお金を貯めてどこかのシャトーを買い取って、ワイン王になる、とか、美人な奥さんをもらって可愛い子供を作って、休みの日にはキャッチボールやっちゃうようなマイホームパパを目指したい、とか」

具体例を出してきた成沢に、ふっと、脳裏を橡の姿がよぎった。もし、普通の人間であれば、成長した淡雪とキャッチボールをすることもあっただろうか。

休みの日にはどこかにでかけたり、そういうこともあるのかもしれない。

——いや、親子じゃなくて兄弟だったな……。

そんなことを思いながら、

「ワイン王は、成沢先生が狙ってるんじゃないんですか？」

苦笑しながら倉橋は聞き返した。

「んー、シャトーってほどの規模じゃないんだけど、気になってるワイナリーはあるんだよね。でも実際に手を出すとなると、ちょっと面倒なこともあるかなと思って、ワイナリーの強烈なファンってポジションのほうがいいかなって思ったりしてる」

成沢はそう答えたあと、

「結婚は？　まったく考えてないの？」

付け足して聞いてきた。

さっき、橡と淡雪のことを思ったからか、倉橋の頭にまた姿が浮かんだ。

——俺は、多分、あんたのことが好きなんだと思う——

あの言葉を、どう受け止めればいいのか、まだ倉橋は分からなかった。

男同士で、文字通り生きている世界が違う。

椽のことが気がかりだったのは、若いのに、異母弟を抱えて大変そうだったからだ。そう。

確かに最初はそうだった。

けれど、そのあとは、どうだったのだろう。

「え、何か黙っちゃうようなトラウマでもあるの？」

再び黙ってしまった倉橋に、ただ事ではないと思ったのか、成沢が少し焦った様子で問う。

それに倉橋は頭の中から一旦、椽を追いだした。

「トラウマはないですけど、結婚は……どうでしょうね。まだ分からないっていうか、考えたこともないです」

「えぇー、考えようよ。俺たち、いいお年頃なんだし、夢、持と？」

真剣な顔で言う成沢に、

「救命の離婚率の高さ、ご存じですよね？」

倉橋はため息交じりに言う。

成央で救命救急に所属する歴代医師の離婚率はかなり高い。

新婚気分を味わう余裕もなく、連続勤務。子供ができても、お祝い事の途中で病院に呼び戻されることもある。

その結果、

『あなたと結婚しているっていう実感が持てないの』

と、離婚を切りだされることが多いらしい。

「ああ……、そうなんだよね。結婚したら、他部署に移りたいって先生、多いもんね、救急って」

「独身貴族の巣窟《そうくつ》って呼ばれてますよ」

「まずは働き方改革に取り組むところからかぁ……。将来の院長としては、何気に僕の責任重大じゃない？」

成沢が笑って言うのに、とりあえず倉橋は微笑むに止《とど》める。

——俺の夢、か……。

その夜、成沢が帰ってから、倉橋はベッドの上に横たわりながら考えた。

医者になりたいと夢見たのは、中学生の時だった。

理由は単純に、ドキュメントで外科医の姿を見て格好いいと思ったからだ。

両親に話すと、

『医者を目指して勉強をするなら、途中でなりたいものが変わっても、決してマイナスにはならない』

と、応援してくれた。

高校時代、途中で一瞬、弁護士に、と思ったこともあるが、結局医者になることを選んだのは、
仮に自分が、誰がどう見ても百パーセント悪い、実際、証拠もあって百パーセント悪意しかない、

という状態の依頼人の弁護をすることになった時に、変わらず全力で取り組めるのかと言われたら、決してイエスとは言えないだろうと思ったからだ。

救命医は、違う。

どんな状況でも、迷わず全力を尽くすだろう。

結果がどうなったとしても。

そのほうが、自分の性格に合っていると思った。

だからこそ、本来の仕事ではない虐待児童のことに時間を取られて、患者を死なせてしまった時に、医者をやめてしまいたくなるほどの自己嫌悪に陥ったのだ。

全力を尽くせなかった。

そのことが、何よりつらくて。

「医者として、全力を尽くしたい」

夢は、ただそれだけだ。

それは今、叶っていると言っていいのだろう。

それなのに、満足できない何かがある。

「……意外と、欲が深いのかな、俺は」

倉橋は呟いて、目を閉じた。

満足できない理由は何なのか。

それが分かれば、すっきりできるのかもしれない。
そう思ったが、簡単には分かりそうもなかった。

4

成央大学病院内には大きなカンファレンスルームがある。

いろいろな部門が合同で手術を行う際にも使われるが、もっぱら何らかのプレス向けの発表に使われることが多い。

倉橋の記者会見も、その部屋で行われることになった。

「うわー、報道陣いっぱいだよ。緊張しちゃうねぇ」

控室として準備された別室で、カンファレンスルームの様子を映し出したモニターを見ながら、呑気な口調で成沢が言う。そんな成沢に、

「成沢先生、白衣なんですね」

と、問うと、成沢は、

「一応、病院の医師として参加するわけだからね。アルマーニのスーツをばりっと決めて座ってたりしたら、すっごい嫌味じゃない？」

もっともなことを言った。

「それもそうですけど、スーツ姿なら会見後に、各界のお嫁さんになりたい候補から申し込みが殺到するかと思うんですけど」

倉橋が言うと、成沢は、

「魅力的な考えだね。でも、まあ今回はいいかな。主役は倉橋くんだし。倉橋くんこそ、ノーネクタイでいいの？」

逆に聞いてきた。

今日の倉橋は薄いブルーのストライプのシャツにダークネイビーのパンツだ。成沢が会見用に準備してくれたものだ。そこにはネクタイも準備してくれていたが、つけなかった。

「普段からネクタイはほとんどしませんし……、会見の印象的につけておいたほうがよければ持って来ているのでつけますけれど」

「ううん、倉橋くんがそのほうがしっくりするならそれでいいよ。僕も父もネクタイ族だし、うちの広報もそうだから、今のほうが見た目に分かりやすいかな。あ、この人が事故に遭った人だって」

「分かりやすさは大事ですしね」

他愛のないやりとりをしていると、控室のドアがノックされ、返事をすると、成沢と同じくネクタイとシャツの上から白衣を纏った院長が顔を見せた。

「そろそろのようだよ」

院長の言葉に成沢は椅子から腰を上げた。

「だって。じゃあ、行こうか」

促され、倉橋も立ち上がった。

控室から会見場となるカンファレンスルームまでは、報道関係者の出入りと被らないよう別動線から入った。

真っ先に会場に入ったのは今日の進行役を務める広報担当だったが、その時点でカメラのシャッターを切る音がうるさく鳴り響いた。

「すごいね、芸能人の気分」

成沢は相変わらず呑気に言いながら、院長に続いて会場入りし、最後が倉橋だ。

目がくらむようなフラッシュが焚《た》かれる。

準備されていたイスに座り、ややしてから広報担当が挨拶をし、会見が始まった。

事前に成沢から聞いていたとおり、最初は代表質問という形で事故に遭った時の状況や、その時の気持ち、救出——いや、脱出と言ったほうが世間的には適当なのかもしれない——時の様子などといった、主に事故があった時のことがメインだった。

基本的にこれまでに話したことを繰り返しただけだが、今回はもう少し詳しく話した。

新たな情報を出さなければ、マスコミが納得しないということを倉橋は認識しているし、事故直後に警察などからの聞き取り調査があったが、その時にはやはりまだどこか冷静ではなく、話しそびれたこともあったのだ。

それは、車内で聞いた音——車が時折、土砂の重みできしむような音を立て、そのうち圧力で押しつぶされてしまうのではないかと思ったことや、横倒しになった車の角度が六十度程度の傾きだったので後部座席のシートにもたれるようにして立ったり、座ったりして、血流を促していたことなどだ。

ひととおりの代表質問のあと、各社からの挙手による質疑応答になったのだが、その時には院長や成沢への質問も相次いだ。

主に病院としての事故当時の対応などについてだ。

倉橋に寄せられた質問は、入院中のことや、車内でのちょっとしたことへの疑問、そして女性誌からの質問には、「ご家族、ご友人、恋人の方などとはもうお会いになりましたか？」と、独身であることは公表されているので、最後に「恋人」と付け足してくる微妙な質問があった。

「家族は、現在航海中で、帰国が間にあいませんでしたので、インターネットを通じて顔を見ながら話をしました。友人とは直接会ったり、電話をしたりです。恋人はいませんので、……残念ながら。会ったり連絡を取ったりした友人も男ばかりです」

倉橋が苦笑いを浮かべて言うと、会場に少し笑いが漏れた。

「では、次の質問を」

司会の広報が挙手を促す。多くの手が挙がった中、一人を広報が指名した。

「今回、人生観が変わるような経験をされたと思いますが、今後の人生設計のようなものがそれで変わりましたか？　これから、どのようにされるおつもりか、可能な範囲でお聞かせください」

その問いに、倉橋は少し間を置いてから、ゆっくりと口を開いた。

「そうですね……確かに、今回の経験は、日常ではすることのないものでした。車内に閉じ込められている間は、精神的な消耗をしないように素数を数えたり、難しい手術の術式をシミュレートしたりして、できるだけ余計なことを考えないようにしていましたが……それでも、このまま死ぬのかもしれない、と一応の覚悟もしていました。ですので、『今後』について考えることのできる今を、とても贅沢だと感じています。いろんな方のおかげで、こうして生きていられることに感謝して生きていく以外にないと思いますが……もし、叶うことであれば、これからも救命救急医として、あの地域で働き、少しでも貢献していけたらと思っています」

倉橋のその返事に、院長と成沢は驚いた顔で倉橋を見た。

それは、倉橋が「成央に戻りたくない」と言ったも同然だからだ。

『あの地域で、と言いますと、派遣されていらっしゃった総合病院で、ということでしょうか』

質問をした記者から追加の問いがなされる。

「倉橋先生、こっちに戻ってきんさるんかねぇ……」

診療所の待合室のテレビで、生中継されていた記者会見の様子を見ていた患者が呟いた。

丁度涼聖も待合室に出てきていたので、倉橋の返事を聞いていたのだが、

「あくまでも、先輩の希望としては、という話だと思います。……大学病院のほうで、どういう決定をされるかは」

と、答えを濁しつつも、倉橋らしくさらっと爆弾を投下したな、とは思った。

「倉橋先生がこっちに残ってくださりゃ、そりゃ安心じゃが、腕の立つ先生なら、元の病院も帰って来てほしいだろうしねぇ」

「そうじゃねぇ……ええ先生じゃから引く手あまたじゃねぇ」

患者同士はそう言い合いつつ、納得していた。

◆◇◆

「もー、いきなりなんだから……」

記者会見が無事終わり、院長室に連れていかれた倉橋は、そこで成沢に大袈裟なまでのため息をつかれ、そう言われた。

その隣に座す院長も、多少困ったような顔だ。

「すみません。先日、成沢先生に夢はないのかと言われて、しばらく考えていて……自然とあれが浮かんできたんです」

謝りつつ説明する倉橋に、

「今すぐに戻りたいと考えているのか、それとも、もう少し先でいいのか、どちらだろう」

院長が聞いてきた。

「……これまでも、散々我儘《わがまま》を通している自覚はあるつもりです。院長の判断に従います」

倉橋はそう言ったが、すぐに続けた。

「できれば、早めに戻りたいとは思っていますが」

倉橋の返事に、院長は腕組みをして軽く目を閉じた。

そしてややしてから、口を開いた。

「自分の寿命のことは分かっているし、智隆も後継者としてやっていくことには自覚もあるし、そのつもりでいてくれている。だが、立場が変われば人間関係も変わる。これまで味方だった者も、対応に変化が出てくるだろうし、その逆もあり得る」

院長の口調には、実感がこもっていた。

自身が院長になった時に、いろいろとあったのだろう。

「そういった時に、心を許して話すことができ、客観的に物事を見られる相手が必要だということもあって、君には戻ってきてほしいと願っている。無論、救急も君が戻ってきてくれれば体制を強化できる。君が抜けたことで生じた穴は、かなり大きいからね。とはいえ、もし戻らないのであれば戻らないで、今後、人員配置を考えることができる。ただ……これからの新体制への移行を考えると、君の存在はかなり重要だと思っているんだ」

それは、ただの医師としてではなく、病院をどういう形であれ支えていく、という存在として倉橋を捉えているということを意味していた。

過分な期待をされていると感じたが、素直に光栄なことだと思った。

だが、院長の言葉に倉橋はすぐには答えられなかった。

その倉橋の様子に、

「戻りたい理由は、本当に地域医療のためだけ？　それとも他にも理由があったりするのかな？」

成沢は聞いてきた。

成沢の問いに倉橋は、

「こちらに戻る前……事故の前日に、交際を申し込まれたというか……告白をされました」

あっさりと言う。突然の告白に成沢と院長は驚いた顔をした。

「相手は、地元を離れることができない立場なので……そういったことを考えると」

付け足した倉橋の言葉で、二人は、仮に交際をするのなら遠距離恋愛になるか、倉橋が向こうに残るしかないという事情を理解した。その上で、

「結婚を考えているのかな？」

院長が聞いた。

それに倉橋は頭を横に振った。

「そのあたりまでは、まだ、分かりません。……俺が帰る直前に思いを伝えてきたということを

考えると、最後かもしれないと思い詰めて気持ちが盛り上がって、勢いで、とも思えなくもないので」

冷静に返す倉橋に、院長は少し考えたあと、

「もし、こちらに戻るなら、智隆が跡を継ぎ、盤石の体制を敷くまではあちらには戻れない、と、覚悟をしてもらいたい。大体、十年くらいだと思ってくれればいい」

そう言った。

十年。

――長い。

行き過ぎた十年はあっという間に感じるが、この先の十年を思うと長い。

だが、仮に戻ったとして、自分が椽に対してどういう感情を抱いているのか、正直、まだ倉橋は見極められているわけではない。

ただ、告白されたという事実があり、それをどう受け止めるか――そして、あの事故で自分の正体を晒した椽がどう考えているのかも今は何もかもが分からない状況なのだ。

答えられず沈黙が続く中、院長室のドアがノックされ、外から秘書が声をかけてきた。

「院長、北村《きたむら》議員の事務所の方がお見えです」

「ああ、もうそんな時間だったか。じゃあ、倉橋くん、この件についてはまたあとで」

院長のその言葉で成沢と倉橋は院長室をあとにした。

そして廊下に出て少し行ったところで成沢は、

「ちょっと、ちょっと、こっちきて」

そう言うと、人気のない廊下の角まで倉橋を引っ張っていく。そして、

「告白されたって、何？　全然聞いてないんだけど？」

と、多少焦った顔で聞いてきた。

「まあ、話してませんでしたから」

「何なの？　冷たいなぁ。独身連合の絆《きずな》はどうなったの？」

「いや、初めて聞きましたけど、そんな連合……」

返しながら、多分涼聖もその連合に入れられてるんだろうなと、倉橋はうっすら思った。

「その相手って、美人なの？　何歳？」

問われて、橡の姿を思い出す。

――確かに、かなりイケメンだな、あれは……。

すごくモテそうだなと思って、恋人はいないのかと聞いたことがあったのを思い出した。

――あの時、もしかしてもう、俺のこと……？

そう思うと少し気恥ずかしい気持ちになったが、それを押し隠して、

「そうですね……整った顔立ちをしてると思います。背が高くて……」

突っ込んで聞いてくる成沢に倉橋は答える。

「えー、何それ。モデルっぽいって感じ？」

「まあ、モデルにもいろんなランクはあると思いますけど、できなくはないような……。あ、言い忘れてましたけど、男です、相手」

さらっと言った倉橋に、成沢はかなり戸惑った顔になった。

「えーっと……、うん？　恋愛対象って、そっちも大丈夫だったんだっけ？」

言葉を選びつつ、といった様子の成沢に、倉橋は首を傾げた。

「大丈夫かどうかは……。嫌な気持ちには、なりませんでしたね。ただ、相手が相手だけに、こちらの対応も慎重にならざるを得ないのと、自分自身の気持ちも決めかねる感じで……戻るか残るか、今すぐの返事が難しくて」

倉橋の返事に、成沢は少し難しい顔をしながら、与えられた情報に脳内でいろいろ補完をして、自分なりの予測を立てると、

「彼のために残ったものの、やっぱり違ったって可能性もあるってことかな？」

そう聞いてきた。

「その可能性も、充分ありますね」

平然と返してくる倉橋に、成沢はため息をついた。

「院長室で聞いた時は、リア充爆ぜろって案件かと思ったんだけど、いろいろ複雑そうな感じだね」

それに倉橋は、ただ苦笑する。

「そうだね……断腸の思いで、三ヶ月くらい、猶予をあげるよ。その間に、彼とのこと見極めてくれる？　それでダメそうならすぐこっちに戻って、独身連合の仲間として仕事に打ち込んでもらおうかな。こっちとしても、倉橋くんを心の右腕に据えるくらいのつもりで人事構想を練ってたから、それが崩れるとなると考え直さないといけない部分が多くなるからね」

「心の右腕、ですか」

呟いた倉橋に、成沢は邪気のない顔でにっこり笑うと、

「うん、ごめんね。僕、今はまだ、体的には女の子のほうが好きなんだよね」

と返してきて、倉橋が笑っていると、

「今週中にあと二件、雑誌のインタビューと、それからうちの広報誌のインタビューもあるから、それだけこなしたら向こうに戻っていいよ。詳しいスケジュールはあとで広報から連絡が入ると思う。それで、三ヶ月で答え出して？」

成沢はこのあとの具体的な期限を告げてきた。

「ありがとうございます」

礼を言う倉橋に、成沢はただ笑うと、

「じゃあ、今からカンファレンスだから。ホテル、一人で帰れる？　帰れないなら、僕の部屋で論文の資料探ししてくれててもいいんだよ？　そうしたら送ってくから」

そんなことを言ってくる。

「むしろ暗くなる前に帰ってこいって、親からは言われてますから」

「シンデレラより厳しい門限だね」

成沢はそう言うと、手をひらひらをさせながらカンファレンスへと向かい、倉橋はその後ろ姿を見送った。

5

倉橋が集落に戻ってきたのは数日後のことだ。

「陽ちゃん、元気ありませんねー。どうしたんですかー？」

診療所が休みなこともあり、家で過ごしていた陽だが、今日は朝から元気がなかった。

朝から、というよりも朝食後にあることを聞いてから、だ。

朝食を終えたあと、涼聖から、

『今日、昼過ぎに倉橋先輩が来る』

そうみんなに伝えた。

というか、そのことは前夜のうちに琥珀と伽羅は聞かされていたのだが、陽はもう寝てしまっていたので、そのタイミングで聞かされたのだ。

「どうもしないけど……くらはしせんせい、ボクたちがにんげんじゃないって、わかっちゃったんでしょう？」

眉根を寄せ、陽は伽羅に確認する。

その言葉に、居間にいた涼聖も、琥珀も、シロも、そして伽羅もすぐに返事をすることができなかった。

倉橋にすべてを告げた、と涼聖から聞かされたのは、涼聖が倉橋の見舞いに行った日の夜のことだ。

『人間に正体を知られてはいけない』

昔から琥珀に繰り返し言われていたことだ。

琥珀の命には替えられなくて、涼聖には正体を明かして助けを求めたが、他の人には知られないようにずっと気をつけてきた。

それは、自分たちが集落で今のように過ごすためには絶対に守らなくてはいけないことだからだ。

本来であれば人と会うことすら禁じられていたのだから、当然だろうと思う。

涼聖も、そのことはちゃんと知っていて、だから今まで琥珀や陽、伽羅たちの正体を知られないようにしてきてくれていたのだ。

なのに、どうして倉橋に教えてしまったんだろう、と思ったが、涼聖がとてもつらそうで、聞くことはできなかった。

その倉橋が今日、この家に来るというのだ。

倉橋が自分をどんなふうに見るのか怖くて、陽は仕方がなかった。

倉橋は今まで自分のことを、普通の子供だと思っていたから優しく接してくれていたのだ。

もし、そうじゃないと知ったら。

狐だと知ってしまった今は、いろいろと違っているかもしれない。

「陽」

陽の言葉に答えられない伽羅に代わり、口を開いたのは琥珀だった。

「涼聖殿と倉橋殿は、私たちと出会う前からの御友人同士だ」

「……うん」

「お二人が、互いをとても大事に思っていることは、そなたも分かるな？」

琥珀の言葉に陽は頷く。

「大事な相手には、なんでも正直に話しておきたいと思うだろう？　だが、涼聖殿は我らのためにずっと嘘を吐き続けてくれていたのだ」

「おい、琥珀……」

それは琥珀たちのためでもあるが、それ以上に「必要のない情報だから伝えなかった」というスタンスだった涼聖は、まるで自分たちのせいのように陽が感じてしまわないかと思って、琥珀を止めようとしたが、琥珀は涼聖に視線を向け、頭を横に振った。

「ボクたちのせいなの？」

陽が泣き出しそうな顔で問う。その陽を慰めるように、シロは陽の小指をギュッと摑んだ。

「そのようなことはありません」

「でも……」

眉根をギュッと寄せた陽に、琥珀は続けた。

「我らが人とともにいる、ということは、本来、してはならぬこと。だが、今はそれが必要であるゆえ、そうしている。誰にも害をなさずにいるために、吐かねばならぬ嘘もある。そのほうがよい嘘、というのもあるのだ。涼聖殿が倉橋殿に吐いていた嘘というのは、そういうものだ」

「じゃあ、どうしてほんとうのこと、はなしちゃったの？　ついてもいいうそだったんでしょう？」

そうすれば、倉橋はずっと自分たちの正体を知らずにいたはずだ。

陽の疑問は当然だった。

「倉橋殿が事故に遭った時、助けるのに、人ではなし得ぬ方法を使ったのだ。倉橋殿はその時のことをしっかりと覚えておいでだ。……それでも、それは違う、幻を見たのだと、嘘を重ねるか、真実を告げるか、どちらがよいかは、分からぬ。だが、私は……私自身、倉橋殿に嘘を重ねてよいとは思えなかった。それゆえ、涼聖殿には真実を話すようにと伝えた」

琥珀の説明は、陽にとっては難しく――いや、頭では分かるのだ。涼聖に嘘を吐かせ続けることも、倉橋が見たことを、体験したことを「嘘だ」と言うこともできなかったということは。ただ、感情が理解を拒む。

「くらはしせんせい……ボクがきつねだって……」

もう、前みたいに優しく話したりしてくれないかもしれない。

そう思うと悲しくて一気に目に涙が浮かび、決壊する。

「はるどの」

声をかけるシロも、陽の切なさが伝わって涙を浮かべていた。

だが、その時、家の前の坂道を車が上って来るエンジン音が聞こえてきた。

「……先輩だな」

来る、と言っていた時刻に近い。

涼聖の言葉に、シロは「だいじょうぶですから」と陽に勇気づけるように言ってから、陽の部屋へと姿を隠した。

陽は乱暴に手でごしごしと涙を拭うと、倉橋が来るのを待った。

ほどなく、家の生垣の前に車が止まる音が聞こえ、ドアの開閉音のあと、門のところに倉橋が姿を見せた。

いつもは縁側に走り出て、「くらはしせんせい！」と笑顔で出迎える陽なのだが、さすがに今日はそんな気分ではなくて、ちゃぶ台の前に座ったきりになる。

代わりに縁側には涼聖が出た。

「先輩、お疲れ様です」

「ああ」

倉橋は短くそう言って片手を上げると玄関へと向かった。それを出迎えに行った涼聖と一緒に、少ししてから倉橋は居間に姿を見せた。

「お久しぶり……っていう挨拶で、いいのかな」

倉橋も微妙にいつもとは勝手が違うという様子だ。

「息災なご様子なにより」

琥珀が返すのに、伽羅も頷き、陽は戸惑いがちに、「いらっしゃいませ」と言ったがあからさまにいつもとテンションが違うというかよそよそしい。

その陽に、

「陽くん。これ、お土産」

倉橋は持ってきた紙袋から二つの土産物を取り出し、ちゃぶ台の上に置いた。

どちらも陽の好きそうな饅頭《まんじゅう》とクッキーで、いつもなら「くらはしせんせい、ありがとう!」と満面の笑みで言う陽なのに、

「あ……ありがとう」

お菓子を見て、嬉しそうな顔はしたが、いつもの様子とはほど遠い。

倉橋にしてもその理由は分かっている様子だが、特に何も言わなかった。

「あー、じゃあお持たせでなんですけど、早速開けて食べさせてもらいましょうか。お茶、淹《い》れますねー」

張りつめた空気の中、できる限り伽羅はいつもの様子を装って茶の準備をする。

琥珀は陽に「どちらからいただく?」と問いかけ、陽が指差した饅頭のほうを開けた。

全員に茶と饅頭が行きわたり、大人組はまず茶を、陽は真っ先に饅頭にかぶりついて「おいしい……」と、呟いたが、やはりいつもより控え目だ。

それでも、さっきのような半分ひきつったような顔ではなかったことに、琥珀も涼聖も伽羅も安堵した。

そして一息ついたところで、口を開いたのは倉橋だった。

「三人のことは、香坂から聞いた」

突然切りだしてきた倉橋に、また居間の空気は張りつめ、陽は饅頭を食べる手が止まる。

沈黙の中、倉橋は続けた。

「あの夜のことは……橡さんのことにしても、夢ではないのなら事実だろうと思う。香坂から聞いた、みんなのことも」

そこまで言って、倉橋は少し考えるような間を置いた。そしてしばらくしてから、

「事実だろうとは思うけれど、本当にそうなのか疑問に思う自分もいてね。半信半疑というのが実際のところだ。……無理を承知というか、このようなことを頼んでいいものかどうかも分からないんだが……事実かどうか、確認させてもらうことは可能だろうか」

そう聞いた。

涼聖はそっと琥珀を見る。琥珀は黙って小さく頷いた。

涼聖も頷き返してから視線を陽へと向けた。

「陽、狐の姿に戻ってくれないか？」

涼聖の言葉に陽は目を見開き、涼聖を見た。

その顔は明らかに「どうして？」という疑問と、戸惑いと、そして悲しみに満ちていた。

陽の様子に、

「涼聖殿、代わりに俺が」

伽羅が即座に申し出るが、涼聖は、

「ファーストインパクトがデカい狐より、可愛い仔狐のほうがいいだろ」

と、却下を言外に告げ、倉橋は陽を見て、

「お願いできるかな」

と聞いてきた。

陽は眉根を寄せてしばらくの間逡巡《しゅんじゅん》を見せたあと、小さく頷いた。

立ち上がり、ちゃぶ台から一歩下がり、覚悟を決めたように軽く後ろ宙返りをした、その瞬間、

「……っ」

一瞬の鮮やかな出来事だったが、愛らしい子供だった陽の姿は消え、同じくらいに愛らしい仔狐がそこにはいた。

仔狐は、さっきまで陽が着ていた服の上にちょこんと座ると、倉橋を見た。

「……ボクは、ほんとうは、きつねさんなの。……くらはしせんせいは、にんげんじゃないボクはきもちわるい?」

狐の姿ながら、泣き出しそうな顔をしているのが分かる。

声も不規則に震えていた。

驚いて、ただ陽を見つめるままになっていた倉橋は頭を横に振り、

「ものすごく驚いてる…、それは間違いない。でも……陽くんがいい子だってことは知ってるし、今の姿も可愛いと思ってる」

そう言うと、陽に手招きをした。

陽は戸惑いながら、恐る恐る倉橋に近づいた。

手が触れるところまで来た陽の頭を、倉橋は優しく撫でた。

「ふわふわだね。抱っこしてもいいのかな?」

倉橋は了解を取るように、琥珀へと視線を向けた。琥珀が頷くと、倉橋は陽を遠慮なく抱き上げ、

「ありがとう、陽くん」

礼を言う。その言葉に自分の存在が受け入れられたことを悟った陽は、

「くら…っし、せ……」

嗚咽に喉をつまらせながら、倉橋の胸のあたりに頭を擦りつけた。

その様子に、居間にも、やっと安堵した空気が広がり、それまでの空気を一掃させるように、

「陽ちゃんの仔狐姿もご覧のとおり絶品の可愛さですけど、俺の七尾の優美な姿もなかなかのもんなんですよー」

伽羅がおどけた様子で言う。

「七尾？　へぇ、やっぱり尻尾が増えたりするんだ」

興味を示したように倉橋は言う。

「増えますねー。あ、琥珀殿は今はいろいろあって三本半なんですけど、昔は八尾だったんですよ！　もう匂い立つような美しさで……美しいのは今もなんですけど！」

琥珀大好きっ狐スイッチの入った伽羅が身悶えしそうな勢いで言う。

「琥珀さんもすごい狐さん……狐って言うと失礼にあたるのかな、お稲荷さんなんだね」

「何をもって『すごい』と言うのかは分からぬが、多少長生きをしている分、いろいろなことを知っているやもしれぬ。もっとも、伽羅のほうがよほど私よりもいろいろなことに詳しいが」

琥珀の言葉に、

「ああ、お料理とか？　もしかしていつも出してくれてた料理って、不思議な力で作ってくれてたのかな？」

倉橋は疑問を感じたのか聞いた。

「あれは手作りですよー。いろいろ作るの面白くて」

「そうなんだ。でも、七本も尻尾があると、重くないのかい？」

いろいろと興味が湧いてきたのか、倉橋はあれこれ聞いてくる。

その様子に涼聖は、

——先輩、順応力高すぎやしませんか……。

胸のうちで思ったが、琥珀たちが人間ではないと伝えてからかなり時間が経っている。

その間に受け入れ態勢が整っていたのだろう。

「あのね、ほんぐうのびゃっこさまは、しっぽがきゅうほんあるんだよ！」

尻尾の数の話になり、泣きやんだ陽が言う。

「びゃっこ？　白い狐さんなのかな」

「うん！　それでね、まっくろで、しっぽがきゅうほんあるこくようさんは、きゃらさんのししょうさんなの」

「白と黒か……対になってる感じなのかな」

首を傾げる倉橋に、

「対ってわけじゃないですねー。白狐《びゃっこ》様は本宮を治めていらっしゃって、その右腕が黒曜《こくよう》殿、つまり俺の師匠って感じです。他にも別宮って場所を治めてる稲荷は金毛九尾の才媛ですよー」

「たまゆらさまっていうの。たまゆらさまは、あきのはちゃんのおかあさんで、すごいびじんなの。みんな、たまに、あそびにくるんだよ！」

伽羅と陽が説明する。

それに倉橋は、

「神様が遊びに来るのか……。知らなかったけど、ここはすごい家だったんだな」

言いながら視線を涼聖に向けた。

「……実は、この家に住んでるのは、こいつらだけじゃないんです」

涼聖はそう言うと、

「陽、部屋で着替えてシロを連れて来てくれないか？」

陽に頼んだ。

「うん！」

返事をした陽を倉橋は抱いていた腕から下ろす。

陽は脱げた服を咥えると、自分の部屋へと戻った。

そしてややしてから服を着替え、人間の姿になった陽は肩に小さな人を乗せて居間に戻ってきた。

陽の肩に緊張した面持ちで座っているシロを見て、倉橋は驚いた。

「……妖精さん、かな？」

自分の知っている中で一番近そうなものを挙げて涼聖を見る。

それに涼聖は、

「俺の御先祖様で、この家の座敷童子のシロです」

そう紹介した。

シロはちゃぶ台の前に座った陽の腕を伝い、ちゃぶ台の上に乗ると倉橋の前まで進み、そこで正座をした。

そして綺麗に頭を下げると、

「シロともうします。くらはしどののことは、いぜんからぞんじあげておりましたが、おはつにおめにかかります」

と、挨拶をした。

シロの礼儀正しさにつられ、倉橋は座り直すと、

「初めまして、倉橋です」

と、挨拶をしてから、

「もしかして、これまで俺が来るたびに気を遣わせてたのかな」

とシロを気遣う。

「きをつかうというか……われのようなそんざいは、きほんてきにはひとまえにはすがたをみせぬのがどうりなのです。……まあ、われのばあい、いてもきづかれぬことがおおいのですが」

いつも通りの自虐ネタを入れつつ言うシロだが、倉橋は、

「シロくんは小さいから、確かに気づかない人も多いかもしれないね。俺も気をつけるよ。これからもよろしく」

自己紹介で目の前にいるからか、存在感の薄さにはまだ気づいていないらしい。

シロの紹介が無事終わったところで、

「それから」

涼聖が言うと、

「まだ、だれかいるのかい？」

倉橋は笑いながら聞いた。

「うちの家には、あと一人ですね」

涼聖はそう言ったあと、水屋箪笥の上の金魚鉢を指差した。

「あそこにいる、タツノオトシゴ。あれ、龍神です」

「え、あれ、おもちゃじゃなかったのか……」

倉橋の言葉に涼聖は、

「あ、タツノオトシゴには気づいてたんですね」

意外だった、という様子で言った。

「淡雪ちゃんが、金魚鉢をじっと見てることがあったからね。でも、タツノオトシゴを金魚鉢で飼育するのは無理だから、多分おもちゃなんだろうと思ってたんだ。ランダムで動くようにプログラミングされてるのかなって」

「そうですよね……金魚鉢で飼う生き物じゃないですよね」

現実的な勘違いをしてくれていたことに、今さらながら涼聖は安堵する。

「でも、龍神……つまり、龍の神様なんだろう？」

「そうなんですけど、ちょっと今、あんまり力がなくて復活待ちの最中っていうか、充電中っていうか……なんで、基本、金魚鉢にいますね。起きてくるのは、伽羅が張り切って料理を準備した時と、酒が出てくる時だけで、それ以外はこうしてることがほとんどなので、こいつの存在は気にしなくていいです」

涼聖は「こいつ」扱いで龍神の紹介を終える。

だが、龍神の反応はまったくない。

「寝ておいでのようだな」

琥珀が呟くと、

「起きたら面倒なことになるから、静かにしてようぜ」

涼聖は返し、

「うちの家にいるのは、これで全員です」

倉橋への説明を終えた。

「うちの家にはってことは……まだ他にも？」

だが、倉橋はもっともなところに引っかかり、問い返してきた。

「橡さんと淡雪ちゃん……あとは、陽に会いに来る神様がいるのと、琥珀と伽羅の関係で、さっき名前が出てた白狐さんとか…まあ、いろいろ客が来るんですけど、大体人の姿をしてくるので問題ないです」

「つきくささまは、ボクのちからをあずかりにきてくれるの」

陽が説明する。

「月草……、ああ、前に写真を見せてくれた、あの人並み外れた美人さんだね。神様だったのか。人並み外れた美人具合も、納得だね」

「たまゆらさまも、おんなじくらいびじんなんだよ！」

にこにこしながら陽が言い、シロも頷く。

「そうなんだ……。機会があれば、会ってみたいね」

微笑みながら倉橋は返す。

落ち着いた様子で、倉橋がいろいろなことを柔軟に受け止めていることに、涼聖だけではなく、琥珀も伽羅も安堵した。

6

「くー！　くーし！　くー！」

今日も今日とて、椽の領地では盛大なギャン泣きを披露する淡雪の声が響いていた。

疲れ果てて眠るまで止まることのないギャン泣きにヒットポイントを削られまくり疲弊する椽だが、その椽に淡雪は倉橋の写真を手に泣きながら、

「くー！　くーし！」

バンバンともう片方の手で椽の足や手を叩き——というよりも、殴る、と言ったほうが適当かもしれない——ながら、倉橋に会わせろと抗議をしてくる。

「はいはいはいはいはい。無理無理無理無理」

椽は淡雪を抱きあげ、宥めつつ、

「泣きてぇのはこっちだよ……」

小さく呟いた。

倉橋が総合病院に戻って来たことは知っている。

一族の烏が数羽、倉橋の情報を持ってきたからだ。

何ゆえに彼らがわざわざ倉橋の情報を持ってきたのかといえば、別にそれは椽の恋の行方を慮

ってのことではない。

むしろ、椽と倉橋のことを知っているのは藍炭《あいずみ》だけで、藍炭は恋愛に関しては外部からの余計な口出しは無用というスタンスなので、相談されもしないことに自分から何かを言ったりはしないし、外部にも漏らさない。

もっともそういうスタンスだからこそ、椽が恋愛面においては著しく鈍いという自覚もないままここまで来たのかもしれない。

そのようなわけで、何ゆえに倉橋とのことを知らない他の烏たちが、わざわざ倉橋の動向についての情報を持ってきたのかといえば、それは無論、対淡雪の強力な兵力であることを熟知しているからである。

何しろ、淡雪の機嫌はすこぶる悪い。

ここ数日は、雨がやむことも増えて、気分転換に椽が外へ連れ出しているので、多少マシではあるが、それでも、長く倉橋とも会えず、香坂家にも連れ出してもらえていない今は酷い。

号泣サイレンが始まると、泣きやむまでがものすごく長いのだ。

大半の烏はそのうるささに避難を決め込むが、側近の烏はそういうわけにはいかず、全員が「今日は誰が犠牲になる?」と目配せをしあう始末だ。

そして、ある程度決まっているローテーションで覚悟を決めて淡雪をあやしに行くたびに、

——どうか今日はしゃぶられるだけですみますように……。

と願うのだった。

そんな日々から解放されたい。

つまり、ご機嫌斜めを完全にこじらせている淡雪を、何とかしてほしいという一心で倉橋の情報を橡に上げているのだが、橡は動こうとしない。

というか、動けなかった。

――残務処理で戻ってくるって話は聞いてたしな……。

先日は香坂家にも姿を見せたという情報もあったが、それは涼聖に会いに行くためだったのだろう。

涼聖が倉橋に事故の時の件をどう話しているのかは知らない。

あの時、本当の姿を倉橋に見せたのは橡だけだったので、琥珀たちのことは今後の涼聖と倉橋の関係を保つために伏せているかもしれない。

姿を見せていないあの二人なら、可能なことだ。

――俺の場合、ガッツリ翼も見せちまったし、目の前で飛んだしな。

正体がバレた今、もう会うこともないだろう。

それに、残務処理が終わればすぐ東京に戻るはずだ。

――ほとぼりが冷めりゃ、また伽羅にみてもらいに行けんだが……。

伽羅の家には、本人がいない時を見計らって離乳食だけは取りに行っているが、失恋が確定してすぐの今は、何となく憐《あわ》れまれそうで、顔を出したくない。

そんな微妙なプライドが邪魔をして香坂家にも行けなくなっているのである。

「はいはい、分かった分かった」

抱き上げた淡雪の背中を軽くぽんぽんと叩いてあやしていると、藍炭がやってきた。

「橡、取り込み中悪いが、ちょっと厄介なことになった」

宿り木に止まった藍炭はやや焦った様子で言った。

「どうした」

「分裂してたアライグマの連中がとうとうおっぱじめやがった。ちょっと俺じゃ収拾がつけられねぇ。悪いが行ってもらえねぇか」

藍炭の報告に橡はため息をついた。

以前から領内のアライグマ一味には手を焼いていた。アライグマのすべてが問題なのではなく、気性の荒い一部のアライグマが問題なのだが、気性の荒いアライグマと温厚派が二手に分かれて対立を始めていたのだ。

いつかは表立った紛争になるとは思っていたが、

——よりによって今かよ……。

失恋まっただ中、淡雪のご機嫌斜めはこじらせ度マックス、例の崩落事故の原因も摑めないまま、と完全に弱り目に祟《たた》り目状態なのだ。

――マジで、薄気味悪いっつーか、ムナクソ悪いっつーか……。

あの事故が、自然に起きたものではないことだけは確かだ。誰かが何かを企んでいる。ただその企みがなんなのかが分からない。

――倉橋さんを狙ったのか？

もしそうなら、今後も危険がつきまとうことになる。そう思うといてもたってもいられない気持ちになるが、正体を晒した今、会うこともできない。

そんなモヤモヤを抱えている中、アライグマ連中が暴れていると聞かされ、正直、いろんなことを投げ出してやりたい気持ちになる。

とはいえ、文句も言っていられない。

領内を守るのが椽の役目だ。

「行ってくる」

「淡雪は連れていかんほうがいいぞ。連中、大分殺気立ってるからな。淡雪に襲いかかる危険もある」

ギャン泣きで恐れられているとはいえ、淡雪はまだ赤子だ。

怪我をしない保証はないし、むしろ椽とて、時と場合によっては怪我をする可能性もある。

「置いていっていいのか？」

「致し方ないだろう……」

藍炭は苦渋の決断、といった様子で言った。

橡にしても、この状態の淡雪を藍炭に任せることには申し訳なさしか感じないのだが、淡雪に怪我を負わせるわけにはいかない。

「悪いな。できるだけ早く戻る」

橡は淡雪を洋服ハンガーベビーサークル——側近烏たちの力作である——の中に淡雪を入れる。

淡雪の泣き声はさらに増したが、

「淡雪、あんまり藍炭を困らせるなよ」

無駄だろうが、とりあえずそう言って家をあとにした。

◆◇◆

アライグマ一族の抗争を治めるのには、ずいぶんと時間がかかった。

エキサイトしたアライグマたちはすでにケンカを始めていて、怪我をしたアライグマも多く出たので、その手当てや、逃げ出した首謀者たちを取っ捕まえるのにも時間がかかったのだ。

家を出た時にはまだ日は高かったのに、戻れたのはもう太陽が沈んで、夕闇が迫ろうとしている時刻だった。

家が近づいてきた時に感じていたことだが、淡雪は泣き疲れて眠りでもしたのか、それともぐずるだけになったのか、少なくとも外にまで聞こえるような泣き声はしていなかった。

そして、家の中に入り、橡は戦慄した。

居間のほうから聞こえてきたのは、きゃっきゃと楽しげにはしゃぐ淡雪の声だったからだ。

どう考えても「イタズラをしてご満悦」である。

どれだけの数の烏が被害に遭ったのかを想像し、その後の事態に鬱になりながら居間に姿を見せた橡は、

「……は？」

開口一番、思いきり間抜けな声を出した。

そこにいたのは、想像したとおりにめちゃくちゃご満悦な淡雪と、その淡雪を抱っこしている倉橋だったからだ。

「おええり、橡さん。久しぶりだね。淡雪ちゃん、お兄さんが帰ってきたよ」

倉橋の言葉に淡雪はちらっと橡を見たが、すぐに倉橋に視線を戻して、

「だー、だ！　だ！」

にこにこと、天使な笑顔で話しかけている。

「ご機嫌でいい子だねぇ。あ、橡さん、この前は助けてくれてありがとう」

付け足すように礼をいってくる倉橋に、

「……倉橋さん、あんた、ここで何してんだ?」

椽は茫然と問うしかなかった。

「淡雪はそうしてると本当に天使だな。椽、おまえの思い人がどんなか興味はあったが、美人じゃないか」

止まり木の藍炭もご機嫌な様子で話しかけてくる。

ご機嫌な淡雪、なぜか平然と馴染んでいる倉橋、満足げな藍炭。

正直、カオスすぎて椽は理解が追いつかなかった。

◆◇◆

さて、時間は今日のおやつ時にさかのぼる。

香坂家で全員の正体を確認したのはこの前の診療所の休みの日だった。

今回の休みにも、倉橋はやって来た。

すでに総合病院の仕事に戻っているが、しばらくはまだ大事を取って、ということで緩いシフなったシロがいた。


トらしい。

「くらはしせんせい、いらっしゃい」

「いらっしゃいませ」

今日はいつものように倉橋の来訪を陽が縁側から笑顔で迎え、その肩には姿を隠さなくてよくなったシロがいた。

「こんにちは、陽くん、シロくん」

「いまね、このまえくらはしせんせいにもらったクッキーを、おやつにたべてたの」

「そうなんだ。食べてくれてるんだね」

「うん！　すごくおいしい！」

「さくさくで、くちのなかでほろりとくずれるかんしょくがよいのです」

陽とシロはそれぞれ感想を述べてくる。

多少風変わりな光景ではあるが、シロに関してはこういう生物がいる、という捉え方で見るようになった倉橋は、まったく問題なくシロの存在を受け止めていた。

「先輩、どうしたんですか、急に」

すでに倉橋にはこの家にいる者の存在をすべて伝えて、倉橋も受け入れてくれているので連絡のないままフラリと遊びに来られても問題はないのだが、倉橋らしくなかった。

「すまないね、急に来て。ちょっと思い立ったというか、相談事がね」

「相談、ですか……。あ、とりあえず上がってください」

涼聖が言うと、お邪魔するよ、と倉橋は玄関へと回った。

ちゃぶ台を囲んで、ちょっとしたお茶タイムの中、

「それで、相談事って、なんですか？」

涼聖が切り出した。

「ああ。こっちに戻って来てから、香坂たちには会えたが、橡さんには会えてないからね。どうしたら会えるのかと思って。淡雪ちゃんのことも気になるし」

倉橋の言葉に、

「呼べば来ますよー？　呼び出しましょうか？」

どこか嬉々とした様子で言う。

「うーん……そうだね。…いや、俺が会いに行くのは無理なのかな？」

倉橋の返事は意外なものだった。

「無理ではないが、山をかなり登ることになる。橡殿の領地は、今、伽羅がいる祠のさらに奥ゆえ」

琥珀の言葉に倉橋は頷くと、

「案内を頼むことはできますか」

そう聞いてきた。

どうやら登るつもりらしい。

つまり、香坂家では会うのに多少都合が悪いということなのだろう。

「伽羅殿、倉橋殿の案内を頼めるか？　遠いゆえ、そなたの祠まで『場』を使って」

「分かりました。じゃあ、お茶を飲んでから行きましょうかー」

伽羅がのんびりした口調で言うと、

「ボクもつるばみさんにあいたいなぁ。さいきん、ぜんぜんこないの。いそがしいのかなぁ」

陽が呟いた。

もともと頻繁に来ていたわけでもないし、陽が留守の時に来ることも多いので、陽が橡と会う回数というのはわりと少なかった。

それでも伽羅から「今日橡殿が来てましたよー」と報告があって、元気にしてるんだな、とか仕事大変そうだな、とか思っていたのだ。

だが最近はそれもほとんどない。

「そうですねー。この時期は動物たちも山の気配も活発ですから、忙しいんだと思いますよー。橡殿の領地は広いですしね」

伽羅の言葉に陽は納得したのか頷いて、倉橋を見た。

「くらはしせんせい、つるばみさんにあったら、いそがしくないときに、あわゆきちゃんとあそびにきてねっていってくれる？」

「分かった。必ず伝えるよ」

倉橋が返すと、シロは「よかったですね、はるどの」と言って、陽と二人で微笑みあった。

そしてお茶のあと、琥珀の助言通りに、香坂家の裏庭に設けた『場』から伽羅の祠まで飛んだ。

「はい、ここが俺の祠です」

「もう着いたのかい。本当に一瞬だね」

裏庭で『場』に伽羅とともに入り、涼聖たちに見送られて視界が金色の粒子に覆われたかと思うと、もうそこは見慣れない神社の中だった。

「あれ、倉橋先生、あんまり驚かないですねー」

伽羅が意外そうに言う。

「いや、充分驚いてるよ。ただ『どうして』とは考えないことにしたんだ。考えても理解できるとは思わないからね。江戸時代の人にスマートフォンを見せたって、多分、原理は理解できないだろう？　俺だって正確には分かってないと思うけど、便利に使えるってところだけ分かってればいいかなっていうのと同じ感覚っていうか……。君たちは、俺たちとは違うことができるってことだけ理解しておけば大丈夫かなと思ってる」

微笑みながら言う倉橋に伽羅は感心したように息を吐いたあとで言った。

「なんていうか、やっぱり涼聖殿の先輩ってだけありますよねー」

「うん？　なんだろう、あんまり褒められてる感がないんだけど？」

笑いながら倉橋は言う。

「えー、褒めてますって。まあ、なんていうか、俺たちと暮らしてると、普通の人間だと体験しないようなことがわりとあるんですよね。でも、それでも涼聖殿は自分のペースっていうかスタンスを崩さない人なんで……倉橋先生もブレなさ加減が似てるのかなーって」

「ブレない、というのとはまた違うのかもしれないけど、これが現実なら、その現実を受け止めて折り合いをつけてかないとね。患者の治療でも似たところあるからね」

思っていたのと違う症状に陥った場合、「こんなことになるはずがない」と思っても仕方がないのだ。

起きた現実を受け止めて対応していくしかない。

もしかすると、そういった根本的な考えが今も発揮されているのかもしれなかった。

「まあ、俺たちとしては助かります。……陽ちゃん、もう倉橋先生と会えないんじゃないかって思い悩んでましたから」

「そうだったのか……悪いことをしたね」

「まあ、思い悩んでるのは陽ちゃんだけじゃなくて、あのバカラスも一緒だと思うんですよねー。じゃあ、橡殿の領地へ行きましょうか。まだここからちょっと歩かないといけないんですけど」

伽羅はそう言うと、倉橋を先導して歩きはじめる。

歩きながら、伽羅は橡のことを話しだした。

「橡殿、倉橋先生に告白とかしました？」

突然聞かれて、倉橋は戸惑う。

橡に会いたいとは言ったが、どういうつもりで会いたいのかなどは、伽羅に悟られるような態度には出したつもりはなかった。

「……ずいぶんいきなりだね。好きだとは、言われたよ」

隠したところで、伽羅も神様だからきっと気づくだろうと思ったので倉橋は素直に返す。

「あー、そこまでは進んだんですねー。橡殿、めちゃくちゃ鈍感なんですよ。倉橋先生のこと好きなくせにそれにも気づいてなくて……。まあ、淡雪ちゃんのこととか、領内のこととかでいっぱいいっぱいで余裕がなかったからだとは思うんですけど」

「領地が広いって言ってたね、確か」

「そうなんですよー。先代の首領がすっごい領土の拡張意欲に燃えてて、その時にいろんなところの領地を奪って自分の支配下に置いたんですよねー。そのせいで、周囲とはあんまりいい関係築けてなくて、おかげであとを継いだ橡殿、結構大変なんです。領土が広い上に、周囲と摩擦があったらめちゃくちゃ責め立てられますし」

「でも、伽羅さんや琥珀さんたちとは仲がいいみたいだけど」

「それも『今は』ですよー。前はすごい警戒してました。でも、陽ちゃんが家出しちゃったことがあって、橡殿の領地に入りこんじゃったんですよねー。その時にはもう今の橡殿に代替わりしてたんで、保護してもらえて……それがきっかけで親しくなったんですよ」

伽羅の言葉に倉橋は、椽の優しいところに触れた気がして、なぜか嬉しかった。

「それで、陽くんは椽さんを慕ってるんだね」

「それもありますし、椽さん、あれで面倒見いいですから。淡雪ちゃんには振りまわされてますけど」

伽羅はそこまで言って、

「それで、あんまりにも鈍感すぎるんで、ぼやぼやしてたら倉橋先生は東京に帰っちゃう人なんですよって言って、めっちゃくちゃお尻を叩いてたんですけど、それでも腰が重くて。腰が重いっていうより、今まで生きてきて片思いとか絶対ないんだろうなって。言い寄られて、好みなら付き合う、みたいな。ホント、無自覚なモテ自慢むかつくって感じですねー」

笑いながら毒づく。

「そういえば、伽羅さんも椽さんも、見た目通りの年齢だと思わないほうがいいのかな」

不意の問いに、伽羅は頷く。

「そうです、そうです。俺は二百いかないくらいですね。椽殿は俺よりちょっと上です。琥珀殿は三百いかない感じです」

「二百……、思ってた以上の年齢だったな」

「若く見えても、意外とおじいちゃんなんですよー。長生きしてるってことで、椽殿が純潔じゃないのは見逃してあげてください」

軽く言う伽羅に、

「二百年以上純潔って、聞きようによっては微妙だね」

倉橋は笑って返す。

「ですよねー。でも、俺、心の純潔は琥珀殿に捧げてますから」

「心のってところが大事なんだね」

「ご理解いただけて何よりです」

伽羅はそう言ったあと、一本の木の前で足を止め、倉橋を振り返った。

「この木を境に、向こうが橡殿の領地になります。正確にはこの木から木立が途切れるところまでは緩衝地帯で、橡殿の力も俺の力も及ぶ土地なんです。で、一歩踏み出したら、入ったものの『気』が橡殿に伝わります。それが覚えのないものや、異質なものなら即座に見回るって感じですね」

「防犯システム、みたいなものかな」

「そういうことです。で、橡殿、烏のくせにチキンなところがあるんで、倉橋先生がいるって分かったら逃げると思うんですよねー。なんで、ちょっと倉橋先生に術をかけさせてもらっていいですか?」

伽羅の言葉に倉橋は少し首を傾げた。

「術?」

「倉橋先生に全然害になるもんじゃないです。ただ、橡殿にバレないように気配を隠すための術をかけさせてほしいんです」

「害がないならいいよ。お願いできるかな」

あっさりと倉橋は承諾する。

こういうところもやっぱり涼聖と似てるなと思いつつ、伽羅は倉橋に術をかける。

「ほい、ほいっと。これで終わりです」

「もう？　特に何も変わった感じしないんだけど、大丈夫なのかな」

「大丈夫です。じゃあ、行きましょうか」

伽羅は言って、境界となる木を越えた。

そして緩衝地帯の木立を抜け、切り開かれた場所に出たところで足を止める。

橡は伽羅がここに入った気配に気づいているだろうが、伽羅や琥珀、陽、涼聖あたりが出入りする分には橡は頓着しない。

この場所は祠への参拝のあと、ちょっとピクニック気分でやってきておやつを食べたりするのによく使わせてもらうので、また何か用事で来たのか、という感じだろう。

実際、橡が気にかけてくる気配もなかった。

「さて、と……橡殿のところまで俺が案内してくわけにはいかないんで、この先はこっちの人に来てもらいますねー」

伽羅はそう言うとちょっと目を閉じ、藍炭を呼んだ。

橡に一番近い存在――淡雪を除いて――である藍炭とは、互いの領地のことで伽羅もわりと親しくしているのだ。

『藍炭殿、伽羅ですけど、ちょっと木立のところまで来てくれませんかー？』

『今、橡がいなくて淡雪の世話を見てるんだ。今じゃないと無理か？』

『今すぐじゃないと困る感じなんですよねー。すみません、ちょっとの間だけ淡雪ちゃん他の人に任せて来てください。橡殿には内緒で』

伽羅は滅多に強引なことを言ったりしないのと「橡には内緒で」と付け足したことで何か察したのか、藍炭は「すぐ行く」と言ってくれ、その言葉通り、三分ほどで上空に姿を見せた。

だが、藍炭は伽羅が一人ではないことに警戒し、上空で円を描くようにして飛びながら様子を窺《うかが》ってきた。

「藍炭殿、大丈夫です。来てください」

伽羅が声をかけると、ようやくゆっくりと降りてきた。そして、伽羅が出した腕を止まり木代わりにして止まる。

「藍炭殿、呼び出してすみません。こちら、倉橋殿です」

伽羅がそう言った途端、

「ああ！　あんたが猛獣使いの倉橋さんか！」

感動した様子で口を開いた。

淡雪を猛獣扱いしているあたり、藍炭もやっぱり淡雪の被害者なんだなと、伽羅は思った。

そして倉橋は、陽が狐姿で人の言葉を話した時はメルヘンで可愛かったが、大きな烏が人の言葉を喋る様はややシュールだなと、ちょっと失礼なことを思いつつ、

「初めまして、倉橋と言います」

自己紹介をする。

「ああ、話は聞いてるっていうか、いつも淡雪が世話になってるな。で、今日はどうした？　淡雪の世話を見に来てくれたのか？」

「まあ、結果、そういうことになるかもしれないんですけど、橡殿に会いたいっていらしたんですよねー。でも、倉橋さんがいると橡殿逃げるかもじゃないですかー。だから気配にマスキングかけてるんで、このままバレないように橡殿のところまで案内してもらえませんかー？」

「丁度いい。今、橡は留守にしてるからな。その間に家に案内しよう。淡雪もいるから、こっちも大助かりだ」

藍炭は快く了解し、橡の家まで倉橋を案内してきたのだ。


大ざっぱな流れを説明された橡だが、困惑は拭えなかった。

何の困惑かといえば、「倉橋がここにいる」こと自体が困惑なのだ。

だが、淡雪はものすごくご機嫌だった。

しかし、延々泣き叫んだあとの倉橋登場でのスーパーハイテンション祭りという流れは、淡雪の体力にも限界をもたらしたらしく、小さなあくびをした。

「淡雪ちゃん、そろそろおねむかな？」

倉橋が声をかけると、淡雪はハッとした顔になり、頭を横に振る。

だが、手や足がかなり温かくなってきていて、睡魔がやって来ているのは分かった。

「まだ、眠たくならない？　でも、橡さんと話があるんだ。淡雪ちゃんが寝てる間に話をすませちゃうから、いい子でおねむできるかな？　目が覚めたらまた遊ぼうね」

倉橋が言うと『寝てる間に話をすませるなら……』といった様子で、頷きもしないが頭を横に振りもしなかった。

「いい子だね」

倉橋はそう言いながら、優しく淡雪の体をユラユラ揺らして眠りを誘う。

似た光景は、これまでも涼聖の家で見た。

その度に、慌ただしさに追い立てられる自分の気持ちも宥められるような気分になったのを思い出す。

それと同時に、またこの光景を見られたことに橡の中で言いようのない感情が湧いた。

——けど、最後かもしんねぇな……。

倉橋がどんなつもりでここに来たのかは分からない。

倉橋の真面目な気質を思えば、筋を通しに来たのだと思ったほうがいいだろう。

最後になるだろうその光景を、少しでも長く見ていたかったが限界が近かった淡雪は、その心地よさと、時折かけられる「いい子、いい子」という倉橋の声に数分で眠りについた。

「どこに寝かせればいいかな」

倉橋は藍炭に聞く。

「ああ。そこの洋服ハンガーで作った囲いがあるだろう。布団が敷いてあるから、その上に頼む」

言われたとおりに囲いの中に敷かれた布団に淡雪を寝かせながら、

「ちゃんとした作りだね。内側も外側も、尖った部分が出ないようにちゃんとしてあるんだ……」

「ああ、赤子はただでさえ予想外のことをしでかして危ないからな。まあ、淡雪は大体の場合が予想外だらけなんだが」

倉橋は藍炭とちょっとした育児トークをしたあと、椽へと視線を向けた。

「少し、二人で話したいんだけど、いいかな」

にっこり笑顔で聞いてくる。

笑顔なのに物騒だし、聞いているというよりは「時間を作れ」と命令されているような気にさえなる。

とはいえ、ここまで来て「帰ってくれ」とも言えない櫞は、

「ちょっと先に、別の家がある。そっちでかまわないか」

と、聞いた。

「話ができるなら、どこでもいいよ」

「じゃあ、行くか。藍炭、悪ぃが、淡雪を頼む」

櫞が藍炭に視線を向けて言うと、藍炭は上機嫌で止まり木に摑まったままで片方の翼を振るようにして二度ほど、はためかせた。

「積もる話もあるだろう、ゆっくりしてこい」

なんとなく含みがあるようにも感じたが、これ以上無駄にイジられたくもなくて、櫞は倉橋を促し外に出た。

外はすっかり夜になっていたが、満月に近い月明かりのおかげで、さほど暗くはなかった。

二分ほど歩いた先に、櫞の話していた「別の家」があったが、そこも先ほどの家と変わりない廃屋で、蔦《つた》が絡まったその様はいつ朽ちてもおかしくないような外見だ。

正直に言えば進んで中に入りたいという感じではない。

「ちょっと待っててくれ」

櫞は言うと先に中に入り、ややすると家の中からぼんやりとした灯りが見え、火がともされたロウソクの載った燭台《しょくだい》を手にした櫞が戻って来た。

「暗いから、足元、気をつけてくれ」

椽はそう言うと、燭台を倉橋に渡す。

「椽さんは暗くても大丈夫なのかな」

「しょっちゅう来てるからな。目を閉じてても移動できる」

そう言うと慣れた様子で再び中に入った。

「お邪魔します」

一応声をかけ、中に入ると、外見のおどろおどろしさとは違い、割れた窓などは別としても、小ざっぱりと片づいていた。

それは向こうの家も同じで、椽は意外と綺麗好きなようだ。

先を進む椽が倉橋を招き入れたのは、床の間のある座敷で、ここだけは靴を脱いでくれと言われたので、入り口でそれに従った。

床の間には何やら巻物のようなものが積まれ、文机などもあり、きちんと整理がされていた。

「ここは、先代の椽がこもるのに使ってた場所だ。俺も使わせてもらってる。ここには俺以外、誰も来ねぇ」

「先代さんも同じ名前だったのか」

「つーか、代替わりした時に名前を継いだ」

「そうなんだ。じゃあ、元の名前は？」

名前を継いだということは、その前にはなんと名乗っていたのか気になったのだが、

「名前はねぇよ。最初は『アイズミの倅』って呼ばれてた。そん次は次代。で、代替わりして橡だ」

「アイズミって、さっきの喋る烏さんだろう？　あの烏さん、橡さんの父親……？」

そんな雰囲気はまったくなかったので困惑していると、

「いや、あいつは俺が代替わりした時に俺の親父の名前を継いだ。これまでに名前がついてた連中のを適当に使い回してる感じだ。まあ、俺の親父ってぇのはあんまり手本になるような野郎じゃないから、漢字を変えたな。俺の親父は藍色の藍に、字を書く時に使うほうの『墨』、あいつは燃やす時に使うほうの『炭』だ」

そう説明してきた。

人間なら「名前」はあって当然のものだ。それがなかった時期もあると聞かされ、橡はやはり自分たちとは違う存在なのだと倉橋は新たに認識した。

「そうなんだ。……あれ、でも淡雪ちゃんはちゃんと名前があるよね」

「あれは、琥珀がつけた。陽が、名前がついてないと可哀想だって言って……白玉とか、大福とかも候補に挙がってたが」

橡の言葉に倉橋は笑う。

「陽くんらしい候補だね」

そう言った倉橋に、橡は座布団を渡した。

「適当に座ってくれ」

そして自身は、部屋にいくつかあるロウソクやランプ、行燈《あんどん》に順番に火を灯していく。

ユラユラと頼りなげな灯りだが、数が揃えばそれなりに部屋は明るくなった。

椽はそれからようやく自分の座布団を手にすると、倉橋の前に、そこそこの距離を空けて置き、座す。

しばらくの沈黙のあと、口を開いたのは倉橋だった。

「……この前の事故の時、助けてくれて本当にありがとう。助けてもらえていなかったら、多分、命はなかっただろうね」

今もあの現場は土砂が多く残っている。

重機を投入してもその有様なのだ。土砂のどこに倉橋が埋まっているか分からない状況では重機を投入することもできず、作業は遅々として進まなかっただろう。

その間に倉橋は少しずつ消耗して――そうでなくとも、明け方まであの地盤はもたなかったとあとで琥珀から聞かされていた。

結界を張り、崩落を食い止めていたが、あまりに地脈が弱っていて助けるのはあのタイミングしかなかったと。

「別に、俺だけの力じゃねぇよ。琥珀と伽羅がいなけりゃ、無理だった」

どこか居心地が悪そうな様子で椽は返してきた。

「ああ、二人からも話を聞いたよ。……あの時、俺を助けに来るのは椽さんじゃなくとも、伽羅さんでも、琥珀さんでもできたことだって。でも、椽さんがその役目を買って出たって話してくれた。……一応、告白してくれたと思うんだけど、その相手に自分が人間じゃないってバレるのは、得策じゃない、とは思わなかったのかな」

倉橋の問いに、椽は少し黙したあと、

「損とか、得とか、考えてねぇよ。好きな奴を、他の奴に任せるような真似はできねぇってだけの話だ」

ふっきれたように、返した。

「……俺のことが好きだっていうのは、まだ継続中なのかな」

問う倉橋に、椽はやや眉根を寄せながら、

「一ヶ月足らずで心変わりできる性格なら、もうちょい楽かとは思うがな」

遠回しに、そうだという返事をしたあと、

「あんたにはあんたの人生がある。俺たちも基本的に人間と深く関わらねぇってのが、暗黙の了解みたいなもんだ。俺たちのことは忘れて、あんたは自分の人生を……」

そこまで言ったところで、言葉の先を遮るように、

「そうだね。俺は自分の人生を好きなように生きようと思うよ。椽さんたちがいなければ、もう尽きてた命だろうからね」

倉橋は言った。そして、

「橡さんに告白されたあと、俺は、それが橡さんの一時的な気の迷いじゃないかと思ってた。淡雪ちゃんのことで俺のことを過大評価していて、東京に帰るって聞いて思いつめて、卒業式前のイベント告白みたいな感じで、言ったんじゃないかって。もしそうだったら、俺より若い橡さんが冷静になるまで待つとか、それとなく諭すとかしたほうがいいじゃないかって、いろいろ考えてたよ。……でも、実際にはとんでもなく年上だし、神様だっていうし、気の迷いってわけでもないだろうって思ったんだけど」

確認するように聞いた。それに橡が、

「ああ」

短く返事をすると、

「じゃあ、付き合おうか、俺たち」

倉橋はさらっと言ってきた。

「は……？」

とんでもなくさらっと、「明日買い物行くか」くらいの感覚で言われて、橡は目を見開く。

だが、そんな橡の反応はご不満だったようで、

「なんなのかな、その反応。俺のことが好きなんだろう？」

改めて確認してきた。

「ああ！　けど、俺は人間じゃねぇんだぞ」

おまえこそ分かってんのかと言いたい勢いで橡は返す。

「分かってるよ。でも、別にそういうのは、香坂たちを見て、俺の中ではあんまり問題じゃなくなった。俺が一番気にかけてたのは、若い橡さんの今後の人生について、ってとこだったから。いろいろ心配してたんだよ。診療所のカルテがないってことは身分を証明するものがないってことだろうし、複雑な生い立ちっぽかったから、考えられるのは無戸籍ってことだろうって。そうなれば定職に就くのも難しいし、今後淡雪ちゃんの治療にしたって、大きな病院にかかることも難しいって。……けど、神様なら、あんまりいろいろ心配しなくてすみそうだからね」

心配してくれていたのは分かる。

心配だからいろいろとこっちのことに探りを入れてきていたことも。

だが、肝心なことを聞いていなかった。

「あんたの気持ちは？　あんたみたいに優秀な医者なら、女がいくらでも寄ってくるだろ？　俺が助けたからって、それこそ気にして付き合う必要なんてねぇんだぞ」

そう言った橡に、倉橋は、

「ああ、そのあたりを話してなかったね。好きだよ、橡さんのことは」

やっぱり驚くほどあっさりさらりと言ってきて、橡は脱力してうなだれた。

「あんたなぁ……」

「取ってつけたみたいな言い方になったのはマズかったって、今、反省してるよ」

苦笑しながら言って、倉橋は続けた。

「事故のあと、東京に戻って……しばらくはホテルに缶詰めでね。その時にたまたまテレビで野鳥のドキュメンタリーをやってたんだ。孵った雛を親鳥が懸命に育てていて……それを見て、橡さんのことを考えた。今、どうしてるんだろうって。そのあと、自分の夢について先輩に当たる人に聞かれて……義務じゃない俺の夢ってなんだろうって思った時も、やっぱり思いだしたのは橡さんのことだった」

そう言う倉橋は穏やかな表情をしていた。

「今の俺の気持ちが永遠かどうかと聞かれたら、それは保証できないとしか言えない。でも、今の俺は、橡さんがそばにいてくれるんなら、それで充分幸せだろうと思ってるよ」

穏やかな表情そのままの声で続けられた告白に、橡は言葉に詰まった。

それは、嬉しい言葉だった。

だが、嬉しいと思うのと同時に、急に恐怖にも似たものが胸の奥に生まれた。

「……後悔は、しねぇのか」

ただでさえ、男同士。

そのうえ、文字通り住む世界が違う。

涼聖と琥珀のような関係はレアケースだということくらい、充分分かっていた。

「するかもしれないね。でも、それは普通に人間の女の子と付き合ったたって後悔するかもしれないし、相手が椽さんだから余計に後悔するってことはないよ」

やはり、倉橋はさらりと答えてくる。

「人間じゃねぇんだぞ、俺は」

「特別な経験をさせてもらえるって、前向きに考えようか？」

そう返してから倉橋は、

「っていうか、さっきから、俺に諦めさせたいのかな？」

逆に聞いてきた。

「ンなわけねぇだろ……」

ぶっきらぼうに返す椽に、倉橋は笑って、それから両手を広げると、

「ここは、『おまえが好きだ』とかなんとか言って抱きしめるっていうのが、定番じゃないかと思うんだけど？」

などと言ってくる始末だ。

「あんたは……！」

一体どういうメンタルしてんだと問い詰めたくなったが、椽を見て嬉しそうに笑っている倉橋には勝てそうにもなくて、椽は膝で倉橋に詰めよると、倉橋の体を抱きしめた。

「あんたが好きだ」

椽が言えば、「俺もだよ」と男前に倉橋は返してきて、ああ多分俺この人には勝てないんだろうなと、椽はうっすらと思った。

そして、その予感は外れていなかった。

「で、ハグだけで満足なのかな、椽さんは」

ハグの最中、倉橋はそう聞いてきた。

「どういう意味だよ？」

椽が問い返せば、倉橋は一度体を離し、横に置いていた斜め掛けカバンの中から茶色の紙袋を取り、そこから小ぶりなプラスチック容器を出した。

「こういうのが必要なことはしたくないのかと思って」

倉橋が取りだしたのは、潤滑用のローションだった。

「あんた……」

椽は頭を抱えてため息交じりに呟いた。だが倉橋は、

「ここまでの覚悟をしてきたってことは、褒められてもいいと思うんだけど？」

やはり平然と返してきて、椽は、

——この人のメンタル、鋼か何かか……？

そう思わずにいられなかった。

そして、このローションには多少の裏話がある。

これは、別に倉橋が購入をしたものではない。

今日、香坂家を出る前に、倉橋は不意にあることを思い立ち、涼聖にちょっと、と声をかけ、二人きりになった。

そこで、聞いたのだ。

「香坂、おまえ、ローション持ってないか？」

「え？　ひげそりのあとに使ったりするやつですか？」

ローションといってもいろいろあるが、日常的に使うのはまずそれだ。

街への道路がまだ崩落したままのため、買い物はずいぶんと遠回りをしなくてはならなくなった。在庫切れに気づいたが、それだけを買いに行くのは面倒なので、分けてくれというのだろうかとでも思ったのだが、倉橋が続けてきた言葉は、まったくもって予想外のものだった。

「セックスの時に使う潤滑用の、だ。おまえ、持ってるだろう？」

聞き方がド直球すぎて、涼聖は返事に困ったのだが、

「香坂と琥珀さんがそういう関係だろうっていうのは、理解してる。持ってないなら、諦めてワセリンで代用するが」

倉橋は平然と言ってきて、逆に涼聖は戸惑った。

「知ってたんですか」

「香坂とは長い付き合いだからな。琥珀さんに向ける視線で分かる。……で、持ってるのか？

持ってないのか？」

　そこまで言われると、渡さないわけにはいかないので、涼聖はちょっと待っていてください、と言い置いて部屋に戻った。そしてややしてから茶色い紙袋を手に戻って来て、

「新しいのがあったんでどうぞ」

　そう言って、倉橋に渡す。

「別に、封の開いてるのでもかまわなかったんだが」

「俺がかまうんです、生々しすぎて」

　涼聖はそう言ったあと、

「使う用途は限られてると思うんですけど……橡さん、ですか？」

　恐る恐る聞いた。

　これから橡に会いに行くというし、このタイミングで所望してくることを考えると、可能性としてなくはないのかなと思う。

　だが、本当に、あくまでも可能性として、の問題だけで聞いたのだが、

「必要になるか、どっちが必要とするかは分からないが、相手に怪我をさせるのも、俺が怪我をするのも勘弁被りたいからな」

　相変わらず倉橋の返事は簡潔だった。

「……なんか、与えられた情報がすごすぎて、理解が追いついてませんけど……また今度ゆっく

り聞かせてください」

　とりあえず涼聖はそう言うのが精一杯だった。


「まあ、別にしたくないって言うなら、無理にとは……」

　ローションボトルを見たまま固まった椽に、倉橋は言うが、

「してぇに決まってんだろうが！」

　情緒の欠片もない言い方になったのは、同じく情緒の欠片もない切り出し方をした倉橋のせいだと思う。

　だが、倉橋は椽の言い方に気分を害した様子もなく、

「どっちの立場で？」

　新たな問いを仕掛けてきた。

「え？」

「使われるほうか、使うほうか。使われるほうがいいって言うなら、やぶさかじゃないけど？」

　やっぱり平然と返してくる倉橋に、

「いや、使うほうで」

　きっぱり返せば、

「だよね」

と返事が戻ってきたが、

「椽さん、これまで男を相手にしたことは？　女性には不自由してないって藍炭さんから聞いてるけど」

微妙なことを確認してきた。

「いや、女だけだが……」

それがどうかしたのかと聞こうとしたが、倉橋は、

「分かった。まあ、なんとかなるだろ……」

思案げながら納得した様子だ。

「で、どうする？」

「何を？」

椽が問い返したのは当然のことだろう。

この状況で何をどうするのか、いろいろ思い当たりすぎて、どれをチョイスすればいいのか分からなかった。

「服を脱がせられるのを待つほうがいいのか、俺が自分で脱いだほうがいいのか。俺もこっちの立場になるのは初めてだからね。いささか何が正解か分からない」

「あー……、うん。まあ、そうだよな」

椽にしても、そういうことを生業《なりわい》にしている女性を相手にすることがほとんどだった。そういう女性は、自分から積極的にという感じだったので、いつも流れに任せていたが、倉橋にそれを求める気にはならなかった。

「服は各自、脱ぐってことで……とりあえず、シャツだけでいい」

することをするので、全部脱いでおいてもいいのだが、いきなりそこまで求めるのもがっついているような気がして、椽はそう言った。

「分かった」

倉橋は返事をして、自分のシャツに手をかける。

それを見て椽も着ていたTシャツを脱ぐ。

人の動きに空気の流れが変わり、ロウソクの灯りが揺らめく。

倉橋の姿も、灯りが揺れるのに合わせて、陰影が微妙に変化する。

――何でこの人だったんだろうな……。

好きだと気づかないまま惹かれていた。

ヘタをすれば、そのまま失うところだった。

――お大事に――

淡雪を連れて診療所に行った時に、最後にかけられた言葉。

それは極普通の、医者がよく言う定番のセリフだったのに、妙に心に残ったのを覚えている。

そんな些細なことを覚えているのに、自分の気持ちに気づかなかった。

――鈍感だなんだって言われたけど、まあ確かにそうだな。

倉橋の様子を見つめながら思っていると、不意に気づいた。

倉橋がボタンを何度か外し損ねていることに。

「あんた、手、どうかしたのか？」

事故では大した怪我はなかったはずだ。

だが、もしかしたら後遺症でもあるのかもしれないと心配になった。

「なんでもない。暗くて見えづらいのと、少し指先がかじかんでるせいだろう」

今日は晴れていたが、梅雨寒と言っていい気候だし、そもそも山の中は真夏でも夜は冷える。

椽はこの程度はなんでもないが、倉橋には寒かったのだろう。

「ああ、気がつかなくて悪い。炭でも熾《おこ》すか？」

椽の言葉に倉橋はふっと視線を上げると、

「いや、かまわないよ」

そう言って、倉橋はまたシャツのボタンを外し始める。

そして、うまくごまかせただろうかと、思った。

指先が冷たいのは事実だ。

だがそれは気温のせいではなく、緊張しているからだと倉橋は気づいていた。

さっきまでは、何も思っていなかったのに、椽がシャツを脱いだ気配がしたあたりからおかしかった。

揺らぐ灯りが照らし出す椽の体は、きちんと鍛えられた男のものだった。

それを見た途端、急に生々しさが湧き起こって、それと同時に緊張に襲われたのだ。

――まったく生娘でもないだろ……。

と思ったがある意味では生娘かと、妙な突っ込みを自分でしてしまう。

……全然、笑う余裕はなかったが。

なんとかボタンを外し終え、シャツを肩から落とす。

椽の手がそっと伸びてきて、倉橋の指先を摑んだ。

「本当に冷えてんな。大丈夫か？」

「……すぐに温めてもらえるならね」

そんなことをさらっと返せた自分を褒めてやりたいと倉橋は思う。

「まったくあんたは……」

苦笑する椽の顔がすっと近づいてきて――だが触れてくるその寸前で、

「ちょっと、待ってくれるか」

倉橋はあることを思い出して、椽の唇に自分の手を押し当てる。

椽は押し当てられた手のひらをわざと舐めてきた。

その感触にさえ、心臓がおかしくなりそうなくらい速く動きだす。

もし、ついているのがロウソクの灯りでなければ、きっと今頃、真っ赤になっているのを悟られているはずだ。

「どうした？」

椽の問いに、倉橋は脇に置いていた潤滑ローションのボトルを手に取った。

「新品だからね。その時になって妙に時間を取らないように、開封だけしておこうかと思って」

未開封であることを示すためと、輸送中に勝手に蓋が開いたりしてしまわないように、ボトルキャップには極薄いプラスチックのカバーがついている。

ミシン目がついているので簡単にとれるはずなのだが、指先が震えてなかなかうまくいかなかった。

そして、やっとカバーをはがせて安堵した時、さっきよりも近くで倉橋を見ていた椽は、それに気づいた。

「倉橋さん、あんた、緊張してんのか？」

言い当てられた倉橋はボトルを取り落とした。

――バレた……。

途端、猛烈な恥ずかしさが襲ってくる。

三十代半ばの男子が、今さら色事で緊張して思春期の子供のように震えているなど、恥ずかしい以外の何ものでもないのだ。

だが、違うと否定しても、絶対に椽は確信しているし、即座に否定できなかった時点で何を言っても嘘だとバレる。

「……言っただろう？　こういう立場になるのは初めてなんだって。……多少はね」

もう、開き直るしかない。

そう言った倉橋に、椽は一瞬何かを堪えるような表情をすると、倉橋の体を抱きしめた。

「あんた、本当になんなんだよ、可愛すぎだろ……」

自分から誘ってきて、潤滑ローションまで準備して、どんな鋼メンタルかと思ったのに、緊張して指先を震わせている。

「椽さん、悪いね。……すぐ、落ち着くと思うから」

腕の中で倉橋の顔を見ると、バツが悪そうな表情をしていた。

——ああ、ちくしょう。マジで頭からバリバリ食っちまいてぇ……。

そう思ったが、抱きしめる腕を解き、両手で倉橋の頬を包み込むとそっと額に口づけた。

「いや……今は、これでいい」

「椽さん」

「ゆっくり、進んでこうぜ」

そう、今はこれでいい。

性急に体を繋げてしまいたい欲望はあるが、待つ楽しみもあっていい。どうせ今まで散々遠回りをしたのだから、大したことでもないだろう。

「冷えるから」

椽は倉橋のシャツをそっと肩に羽織らせ、再び抱きよせる。

抱き寄せた肩の確かな感触に、倉橋を失わずにすんでよかったと、心の底から思う。

――何の目的かはわかんねぇ……。けど、今後もこの人を狙うつもりなら、俺が叩き潰す。

崩落事故を起こした「モノ」に対して、椽は決意した。

「……あんたのこと、いろいろ話して聞かせてくれ。ここに来る前のこととか、いろいろ」

椽の言葉に倉橋は頷いて、

「じゃあ、交互に。俺にも、椽さんのことを教えてほしい」

そう返してきた。

「ああ」

頷いた椽に、倉橋は何から話そうかな、と呟いて、

「子供の頃……」

物心がついた頃からの話を、ゆっくりと始めた。

どうということのない思い出話を、椽は相槌《あいづち》を打ちながら聞いてくれる。

触れている場所から伝わる互いの体温が混ざり合い、穏やかな心地よさを覚え始めた頃、もう

一つの家から淡雪の盛大なギャン泣きが聞こえてきて――、

「あの野郎……もう起きやがったのか」

橡は毒づいた。

「もしかしたら、おむつかもしれないね。眠る前に替えてくればよかった……」

倉橋も苦笑しながら言う。

無視をしていれば、そのうち藍炭が困ってこっちまで呼びに来るだろう。

「……行ってくる」

「俺も一緒に行くよ」

そう言って橡と倉橋は互いに服を着直し、淡雪をあやしに戻ったのだった。

7

「もー、ホント酷いよね。リア充爆ぜろって気持ちでいっぱいだよ」

椽とのアレコレが落ち着いて三週間後、昼下がりの香坂家にやって来た成沢は、居間で大袈裟なまでに嘆いてみせる。

「本当にすみません」

倉橋は謝っているが、笑顔だ。

「全然悪いって思ってないよね？」

成沢は即座に返し、その様子に涼聖は笑う。

成沢は電話では、「じゃあ、噂の彼とうまくいったんだね、おめでとう」と祝福してくれていた。

もちろん、倉橋が戻らなければ成沢が大変になることも理解していたので、「すみません」と改めて謝ったが、「なんとなく覚悟はしてたから」と言ってくれた。

そのため、今の嘆きはとりあえず突っ込んでおこうというだけの形だということも、長い付き合い上の経験から分かる。

だからこそ、倉橋も涼聖も笑っているし、成沢も笑っているのだ。

「じゃあ、くらはしせんせい、ずっとこっちにいていいの？」

詳しい理由などは分からない——何しろ、成沢が持ってきてくれた陽への土産であるお菓子の詰め合わせを一つ一つ眺めて確認するのに夢中だった——ものの、倉橋が東京に戻らなくてもいいということだけは分かった陽が、確認するように成沢に問う。

その問いに、

「うん。倉橋くんがうちの病院に戻りたいって言うまではね」

成沢は頷きながら返す。

それを聞いた陽は、

「やった！」

可愛らしく両手を上げて喜んだが、すぐにその手を下ろし、

「でも、そうすると、なりさわさんはすごくたいへんで、いそがしくなっちゃうんでしょう？　りょうせいさんが、いってた」

成沢を気遣うように見て聞いてくる。

その様子に成沢は胸を打たれたように心臓のあたりを押さえ、

「ああ……、こんな優しいいい子、まだ存在してたんだね。ていうか、本当に天使だよね？　間違いないよね？　連れて帰りたいなぁ……」

半分、演技がかりつつも、半分は本気といった様子で言いそれから琥珀を見た。

「陽くんは、琥珀さんと血縁なんだよね？　確か……」

不意の問いに、琥珀は不思議そうな顔をしながらも頷いた。

「陽の母と私が従兄妹同士だったが……」

琥珀が肯定すると、

「陽くんのお母さんに、お姉さんか妹さんはいませんか？　もしくは琥珀さんにお姉さんか妹さんは？」

突然そんなことを聞きだした。

「いや、残念ながら」

琥珀が返すと、成沢はため息をついた。

「そうですか……。本当に残念。陽くんに近い血縁の人と結婚したら、陽くんみたいな子ができる可能性があるんじゃないかって考えたんだけど……」

そんな皮算用を披露する成沢に、

「成沢先生そっくりな子が生まれる可能性のほうが高いんじゃないですか？　先生と院長、そっくり親子なんですから」

涼聖は笑いながら突っ込む。

「えー、それは遠慮したいなぁ……。でも、祖父と父も似てたんだよねぇ……」

「成沢家のＹ遺伝子、強いですね」

倉橋も笑いながら言うのに、

「ちょっと自重しろって感じだよねぇ」

成沢も笑って返す。

それからしばらく和やかにみんなでお茶を楽しみ、少しした頃、

「さて、名残惜しいけど、そろそろお暇しようかな」

成沢はそう言って、軽く腰を上げる。

今回、成沢は倉橋の総合病院への長期派遣――転勤ではなく、派遣という形にしたのは、倉橋が望めばいつでも成央に戻ることができるようにだ――のことで、筋を通すため、挨拶に来たのだ。

とはいえ、忙しい成沢は長居することもできない。

今日もこれから東京に戻って仕事なのだ。

みんなで外まで成沢を見送り、前回のように成沢は陽とハグをする。

「なりさわさん、またきてね！」

陽が言うのに、成沢は微笑んで、

「また、必ずお邪魔するよ」

そう言ったあと、思いついたように、

「今度は、陽くんがこっちに遊びに来ないかな？　おいしいケーキ屋さん、たくさんあるし、スイーツビュッフェもいろいろあるよ」

と、誘う。

「ケーキ！」

案の定、陽は目を輝かせた。

その様子に伽羅は、

「もー、うちの大事な陽ちゃんをケーキで誘惑しないでくださいよー」

笑いながら返したが、成沢は、

「すごくおいしいイタリアンのお店もあるんだよ」

と、伽羅も誘惑してきた。

その言葉に、伽羅はいつにないキリっとした顔をすると、

「成沢さんのお休みと、予定をすり合わせましょうか」

などと言いだし、

「おまえがきっちり誘惑されてんじゃねーか」

涼聖がしっかり突っ込む。

もはや様式美である一連の流れに、琥珀と倉橋は穏やかに微笑んだ。

「ああ、本当に帰りたくないなぁ……。でも、仕方ないね。じゃあ、また」

軽く駄々をこねつつも、成沢はそう言うと車に乗り込む。

「またね！」

笑顔で手を振る陽に、軽く手を振り返し、成沢は家の前の坂道を下っていった。

車が見えなくなるまで見送ったあと、再び全員で居間に戻ってきたが、

「おへやで、なりさわせんせいからもらったおかし、シロちゃんとわけてくるね」

陽はそう言うと、お菓子の袋を持って部屋に戻る。

そして、居間に残った大人組は、新たなお茶が入ったタイミングで、再び話しだした。

「それにしても、よく先輩、決断しましたよね。成央に戻れば、結構なポジションを約束されてたんでしょう?」

詳しい話は聞かなかったし、成沢も言わなかったが、話の雰囲気からはそれが察せた。

「ポジションと引き換えになるものも多いからね」

倉橋はただそう返すのみだ。

「病院のこともですけど、俺は橡殿とのことを称賛したいですよー。あのチキン烏をよく説得できたっていうか……」

伽羅が言うのに、

「鶏なのか烏なのかはっきりしろよ」

涼聖は笑い、倉橋は、

「まあ、力技かな」

さらっと返してくる。

とはいえ、二人の間にあの夜、そういったことがなかったことを涼聖は知っている。翌日倉橋

があのローションを返してきたからだ。

『カバーは外したが、使ってはいない』

そう言って。

カバーを外したのだから、それっぽいことはあったのだと思うが、結局一線は越えなかったということだろう。

もっともどのあたりのラインまでいったのかは、分からないが。

「まあ、そのあたりを突っ込むとヤブヘビそうなんでやめますけど……難しい相手だとは思わなかったんですか？　同性だって部分もですけど……」

涼聖が問う。

人と、人ならざる者。

それはどちらから見ても、難しい相手だろう。

だが、その言葉にも倉橋は軽やかに微笑んだ。

「まあ、ここにいいお手本がいるからね」

そう言って琥珀と涼聖を見る。

その視線に困ったように笑む琥珀と、参ったなというような表情の涼聖を前に、

「さっきの成沢さんじゃないですけど、本当にリア充爆ぜろって感じですよね。今日の夕食、陽ちゃんとシロちゃん以外は、みんな梅干しだけでいいですか？」

独り身の伽羅は拗ねたのだった。

おわり

陽ちゃん、東京へ行く

CROSS NOVELS

1

『東京《とうきょう》、東京、右側の扉が開きます』

車内アナウンスが流れ、駅のホームに入った電車がゆっくりと動きを止めたあと、少し間を置いて扉が開くと、車内の客が一気にホームへと降り立った。

その中、ひときわ可愛い明るい髪の色をした子供と、似た髪色をした人目を引くイケメンが手を繋ぎ、同じくホームに出た。

「まえとおなじくらい、すごいひとだね！」

陽《はる》は手をつないだ伽羅《きゃら》を見上げて言う。

「そうですねー。多分、ここにいる人だけで、集落の人たちより多いですよ」

伽羅は返しながら、自分がいる場所を確認する。

「えーっと、ここが六両目だから……」

ホームの足元に書いてある数字を確認した時、

「陽くん、伽羅さん、こっちだよ！」

名前を呼ぶ声が後ろから聞こえ、振り返ると少し離れたところに笑顔で手を振る成沢《なりさわ》がいた。

「なりさわさん！」

陽も笑顔で手を振り、伽羅が繋いだ手を放すと一目散に成沢へと駆けだした。

そして両手を広げて待つ成沢の胸に飛び込んだ。

「なりさわさん、こんにちは！」

「こんにちは、陽くん、伽羅さん。長旅で疲れなかったかい？」

成沢は言いながら、陽を抱きあげ、立ち上がる。

「大丈夫ですよー。陽ちゃん、ずっと外の景色見て楽しんでましたから」

伽羅が言うと、陽は、

「あのね、さいしょ、たんぼとか、はたけとかで、おしごとしてるひとがいてね、でも、トンネルをこえたら、こうじょうがあったりして、それからどんどんおおきなたてものがいっぱいになっていくの」

車窓の景色を成沢に伝える。

「そうだねぇ、東京はどこも高い建物ばっかりだからね」

「うん！　そのうち、おそらにとどくたてものができちゃいそう」

子供らしい感想を言う陽に、成沢は微笑む。

「空に届く建物、か。陽くん、バベルの塔って知ってるかな？」

「ばーべる？　りょうはしに、てつのまるいいたがついてるやつ？」

陽は自分の知っているもののなかで、一番近い名前を挙げる。

「ああ、名前はよく似てるね。バベルの塔っていうのは……」

成沢が説明しようとした時、携帯電話が鳴った。

「おっと、誰からかな」

成沢は言うと、陽を一度下ろして、携帯電話を取り出し確認すると、少し難しい顔をして電話を取った。

「はい、成沢です。何かありましたか？　……え、院長が？　……はい…ああ、分かりました。いえ、その処置で大丈夫です。……いえ、車を取りに一度戻りますから、その時に様子を。……はい、じゃあまたあとで」

電話を終えると、成沢は笑顔を作った。

「お待たせ」

「病院からですか？」

伽羅が問うのに、成沢は頷いた。

「うん、ちょっとね。ああ、車、病院に置いて来てるから、一緒に来てもらうことになるんだけど、かまわないかな？」

「なりさわさんが、おいしゃさんをしてるびょういん？」

陽が問うと成沢は微笑む。

「そうだよ。前は香坂《こうさか》くんも倉橋《くらはし》くんも働いてたところ」

「おおきなびょういんなんでしょう？　りょうせいさんがいってた」

目をキラキラさせながら言う陽に、

「そうだねぇ、総合病院よりちょっと大きいかな」

成沢は答えながら、陽と手を繋ぐ。

反対側の陽の手は、伽羅が繋いだ。

「楽しみですね、陽ちゃん」

伽羅の言葉に陽は頷く。

「じゃあ、行こうか」

手を繋いだ三人は仲良くホームを離れ、乗り換えに向かった。

陽と伽羅が東京に――成沢に会いに来ることが決まったのは十日前のことだ。

成沢と携帯電話の番号を交換し合っていた伽羅は、成沢が東京に戻ってからも、こまめに連絡を取り合っていた。

大体は「陽ちゃんのこんな可愛い画像撮れました」的に伽羅が陽の写真を送り、成沢が喜ぶ――お世辞でもなんでもなく、本当に喜んでいるのは返ってくる文面からでも分かるし、伽羅はそこに込められる「気」も感じるとので、本心だと理解できていた。

やりとりを続けるうちに、

『本当に東京に遊びに来ないかい？　都合がつくようならみんなで。うちの家に泊まってくれればいいし、いろいろごちそうしたいなぁ』

と、改めて成沢に誘われた。

『いいんですか？　本気にしちゃいますよー』

と軽い文面で返した伽羅に戻ってきたのは、

『本気と書いてマジって読むレベルで本気だよ。真剣に、考えてみて？』

という、かなりのガチ気味の言葉と、相当疲れてそうな成沢の気配だった。

――あー、忙しくて、陽ちゃん成分が足りないんですねー……。

月草《つきくさ》もよく罹患《りかん》する病だ。

なので、気持ちは理解できるが、男子での罹患者は初めてじゃないかな、とちょっと思う。

それだけ陽を可愛がってくれているということなので、ありがたいのだが、伽羅は保護者というわけではないので、

『ありがとうございます。陽ちゃんはきっと喜ぶと思うんですけど、琥珀《こはく》殿と涼聖《りょうせい》殿にも相談してから、改めて連絡しますね』

と、一旦保留にしてもらい、その日、診療所から帰ってきた涼聖と琥珀に伽羅は早速お伺いをたてた。

「成沢さんから、本気で東京に遊びに来ないかって誘われたんですけど……」

そう切り出した伽羅に、涼聖は苦笑した。

「本気だったのか、あれ……」

「あの時点では半々って感じだったんですけどねー」

伽羅はそう言ったあと、都合がつくならみんなで、泊まる場所は成沢が家を提供してくれるらしいと伝えた。

「みんなでっていうのは、無理だな。俺、診療所あるし、それに買い出しの当番あるから」

買い出しの当番、というのは、例の崩落事故で通行止めが続いているため、これまで以上に集落の買い物が困難になってしまい、集落内でいくつかのグループを作り、車を持っている者がまとめて数軒分を買いに行くことになったのだ。

涼聖の言葉に、伽羅が「ああ、それがありましたねー」というと、琥珀も頷き、

「あまり役立っておらぬとはいえ、涼聖殿一人で切り盛りするのはせわしないゆえ、私も残ろう」

と、留守を買って出る。

「ってことは、陽ちゃんが行くのはOKってことですか？」

伽羅が確認すると、涼聖は頷いた。

「ああ。おまえ、一緒に行ってくれるんだろ？」

「もちろんですよ。さすがに一人で旅立たせる距離じゃないです。……あー、でも千歳《ちとせ》くん、一人で来たんですよね。そう考えると涼聖殿のお兄さん、よく決断しましたね」

以前、一人でやって来た千歳のことを思い出し、改めて伽羅は感心する。

「一応、乗降する駅に、子供が一人で電車に乗るって連絡はしたみたいだ。東京から乗る時は兄貴がついてたし、途中の乗り換え駅は大きいって言っても時間帯的にラッシュは過ぎてたから、駅員が対応してくれた」

帰る時も同じように涼聖が各駅に連絡を入れておいた。来た時のことを覚えてくれていたらしく、分かりましたと快諾してもらえたのだ。

「千歳殿は聡《さと》いお子でもあられるからな」

琥珀が言うと、涼聖と伽羅も頷く。

「まあ、陽も賢いんだが……まだ幼さが勝るからな」

「そこが可愛いんじゃないですかー」

親――ではないが、親馬鹿発言の伽羅に涼聖は深く同意し、琥珀も微笑む。

「じゃあ、明日、陽ちゃんに東京行きの件、聞いてみますねー。陽ちゃんが行きたいって言ったら、二人で成沢さんにお世話になってきます」

陽は、診療所に帰る車の中で眠ってしまって、起こさないように部屋に運んで寝かせているのだ。

明日の朝、話をすることになるが、おそらく答えは「イエス」だろう。

「忙しいそなたにいろいろと頼むのは気が引けるが、そなたであれば安心して陽を任せることができるゆえ、頼む」

琥珀がそう言うと、伽羅はいつも通りの琥珀大好きっ狐《こ》モードに入り、きゅんきゅんし始める。

「いえ！　琥珀殿のお役に立てるのなら、何よりの喜びですから！」

「乙女ゲーなら、おまえの琥珀への好感度ってもうマックスだろ？」

涼聖が笑いながら言うと、伽羅は、

「当然カンスト済みです。でも、琥珀殿の対俺の好感度がなかなか上がらないんで、ラブエンドまでの到達が難しいんですよねー」

と返し、涼聖も、

「まあ、あと七十年から八十年くらい待て。今、俺のターンだから」

さらりと返す。

「そなたたちの二人の話は八割がた分からぬが、仲がよさそうで何よりだ」

琥珀が言うのに、伽羅は、

「涼聖殿との仲良しポイントより、琥珀殿とのポイントを上げたいのにー」

まだまだゲーム仕様で話をし、

「俺との仲良しポイントが上がると、間接的に琥珀のポイントが上がる仕様になってるから」

涼聖も同じノリで返す。

そんな二人の様子を、琥珀は微笑んで見守るのだった。

◆◇◆

成央大学付属病院までは、乗り換えて二十分だ。

最寄り駅には「病院前口」と呼ばれるエレベーター完備の出口があり、そこを出ればもう病院前のアプローチで、玄関まで傘がなくても行ける屋根付きの通路になっている。

「はー、さすがですねー」

「車イスで移動の患者さんも多いからね。雨の日とか、大変だから。少しでも便利なほうがいいじゃない？」

伽羅が感心するのに、成沢は軽く返す。

「かだんも、おはないっぱい……。すごくきれい！」

陽は植え込みで咲きそろう花に目をやり、言う。

「花が咲いてると、やっぱりいいよね。花を見る余裕がない時もあるけど、ちょっとした時に花に気づいたら、和むっていうか……。陽くんも、お庭のお花、毎日ちゃんとお世話してるもんね」

香坂家に滞在中、陽がちゃんと水やりをしていたのを思い出し、成沢が言うと、陽は頷いた。

「うん！　あさがおさん、ずいぶんつるがのびたの。ことしもいっぱいさくかなぁ」

「陽くんが、ちゃんとお世話してるから、きっとたくさん咲いてくれるよ」

返す成沢は、もうデレデレだ。

――いつも通り、陽ちゃんの和ませパワーは無意識で炸裂してますね……。

そんなふうに思う伽羅だが、自身も陽に甘いのは自覚している。

なぜなら、途中の乗り換え駅で陽にねだられて、お土産用のお菓子を買い、車内で食べさせているからだ。

三人で手を繋いでアプローチを進み、正面玄関から病院に入ったのだが、そこで陽は目を見開いた。

「すごい……ホテルみたい！」

開放感のある高い吹き抜けと、やわらかな白で統一された院内は、豪奢《ごうしゃ》な調度類があるというわけではないのに、豪華、という印象がある。

それは壁に飾られた絵画や、花のせいかもしれないが、とにかく、広い。

「はー……すごい大きいですね…」

伽羅も吹き抜けを見上げて言う。携帯電話の画像で見たことのある場所だったが、やはり実際に来ると違う。

「外来ロビーは、災害時の一時避難所としても使えるようにって、広めにスペースを確保してあるんだ」

成沢が言った時、受付にいた係員の女性が足早に歩み寄って来た。

「成沢先生、院長が……」

「ああ、聞いてる。今から行くよ」

「かしこまりました。お客様はその間、こちらでお待ちいただいておきましょうか？」

その言葉に成沢は少し考えるような顔をして、時計を見る。

「んー、どうしようかな。……陽くん、僕、今からお父さんに会いに行かなきゃならないんだ」

成沢は軽く膝を折って、陽と目線を近くし、お伺いを立てるような様子で言う。

「なりさわさんのおとうさん？」

「そう。ここの病院で一緒に働いてるんだ」

成沢の言葉に陽は目を丸くした。

「なりさわさんのおとうさんも、おいしゃさんなの？」

「うん、そうだよ」

「すごい！　ふたりとも、おいしゃさんなんだ！」

感動した様子の陽は、そのまま続けた。

「じゃあ、ボク、なりさわさんのおとうさんに、こんにちはって、あいさつするね」

にこにこして陽は言う。

それに、成沢は少し驚いたような顔をした。

「挨拶してくれるの？」

「うん。こはくさまと、りょうせいさんが、なりさわさんのおうちにとめてもらうから、ちゃんとおうちのひとに、ごあいさつしなさいって」

陽のその言葉に、成沢はにこりと笑った。

「そっか。陽くんはいい子だね。じゃあ、陽くんにも会ってもらおうかな」

そう言った成沢に、伽羅は視線を向ける。

「さっき、駅で電話を受けてらっしゃいましたけど……いいんですか？」

成沢の応答だけでは詳しくは分からなかったが、声のトーンと表情から思わしくないことが起きたことだけは分かる。

それに、成沢の父が余命を宣告されているということも、涼聖から聞かされて、伽羅は知っていた。

陽に会わせても大丈夫な状況なのだろうかと思いながら聞いたのだが、

「時間的にもう、点滴も終わりだと思うんだよね。……父には今夜二人を自宅に招いてるって伝えてるし、父の状態がよければ」

成沢はそう言ってきた。

成沢は最初から病院に戻るつもりをしていたが、それは単に車を取りに来るだけの予定だった。まっすぐ駐車場に向かって二人を乗せて、観光するつもりでいたのだが、駅で父親が体調を崩したと連絡が入ったので、ついでに様子を見て行くことにしたのだ。

「分かりました。じゃあ、陽ちゃん、行きましょうか」

「うん」

伽羅が陽に声をかけ、成沢は係員に「一緒に行くよ」と伝えて、三人は院長室へと向かった。

「ほんとうに、すごくおおきなびょういん……。しゅうらくのみんな、ここでいっしょにすめるね！」

「そうですねー」

子供らしい感想を述べる陽に、伽羅も相槌《あいづち》を打つ。

院長室のある階に到着し、院長室に向かうドアを開けると、受付がありそこにいつもの秘書が待機していた。

「院長は？」

「お部屋です。そろそろ終わりかと」

成沢に答えた秘書は陽と伽羅へと視線を向けた。

「お客様もご一緒に入られますか？」

「んー、父の様子を見てからにするよ」

成沢はそう言うと陽と伽羅を見た。

「陽くん、ちょっとここで待っててくれるかな。お父さんが忙しくなかったら、ご挨拶してくれる？」

「うん」

素直に返した陽に、成沢は微笑み、伽羅に軽く目配せをしてから奥の院長室へと向かう。

「いんちょうっていってたね。いんちょうってえらいひとのことでしょう？」

陽は伽羅に問う。

「そうですよー。病院で一番偉い人のことです。本宮《ほんぐう》でいうと白狐《びゃっこ》様みたいな感じです」

一番分かりやすい例えとして白狐を引き合いに出すと、陽は、

「すごい！　なりさわせんせい、いちばんえらいひとのこどもなんだ！」

正しく理解した様子で、興奮する。

「そうですよー」

「じゃあ、このびょういんは、なりさわせんせいのおうちなの？」

「んー、おうちは別にあると思いますよー。ここはお仕事をする場所ですねー」

「こんなにおおきいのに、おうちはべつなの？」

「涼聖殿も、診療所はお仕事をするところで、おうちはおうちでしょう？」

伽羅に言われて、陽は納得した。

「ほんとうだ！　りょうせいさんもいっしょだ！　でも、ボク、しんりょうじょでおとまりするの、すき」

陽は数回、診療所で泊まったことがあるのを思い出して言う。

今は滅多にないが、以前、ミサヨが診療所に泊まった時や、涼聖が帰る間際の急患で帰るのが遅くなった時、急な雪で車のチェーンを準備しておらず、家の前の坂道を登れなくなったりした時などに、診療所の二階で泊まったことがあるのだ。

「診療所の二階、普通に人が暮らせますからねー」

もともと民家だった場所を改装し、一階は診療所、二階は倉庫として使っているが、使っていない部屋がまだ二部屋ある。

「また、しんりょうじょのおにかいで、おとまりしてみたいなぁ」

陽が言った時、院長室のドアが開き、そこから姿を見せた成沢が二人を手招きした。

どうやら、会える状態らしい。

「陽ちゃん、成沢さんが呼んでますよ。行きましょうか」

「うん！」

伽羅に促され、陽は伽羅と一緒に院長室へと向かった。

重厚な両袖のデスクに、革張りのソファーセットなど、一見して豪華という印象のある院長室の奥に、やはり豪華だが衝立で仕切られたように見える一角がある。

その奥に置かれた簡易ベッドの上に、院長は体を起こしていたが、先ほどまでは横になっていたのだろうと察せられた。

ネクタイが緩められ、ボタンが一つ外されているが、顔はしゃっきりとしていた。

院長は成沢に招かれるまま衝立の内側に姿を見せた陽を見ると、

「これはこれは、本当に可愛いお客様だね」

相好を崩し、言う。

「陽くん、これが僕の父だよ。父さん、陽くんです」

「初めまして、陽くん。智隆《ともたか》の父です。こんなところからですまないね」

謝りつつ名乗る院長のベッドのそばに陽は歩み寄ると、

「はじめまして、はるです」

同じく名乗る。それに続いて、

「初めまして、伽羅と言います。このたびはお招きいただいて、ありがとうございます」

伽羅が名乗った。

「いやいや、こちらこそ、遠いところからわざわざ。疲れなかったかい？」

院長は陽を見て問う。

それに陽は頷いた。

「うん！　いっぱい、いろんなけしきがみられて、たのしかったし、おべんとうも、すごくおいしかったの」

そう言ったあと、陽は少し心配そうな顔をして、聞いた。

「なりさわさんのおとうさんは、どこかわるいの？」

「ああ、ベッドにいるからかな？」

陽の問いに質問で返してきた院長に、陽は頷きつつ、

「あと、それ、てんてきでしょう？　しんりょうじょでも、おばあちゃんやおじいちゃんたちが、ねながらぽとんぽとんってておちるの、してるときがあるから」

ベッド脇に置かれたままになっていた終わった点滴セットを指差した。

「噂《うわさ》に違わず、聡い子だな」

言った院長に、なぜか成沢は自慢げな顔を見せた。

「そうでしょう？　陽くん、心配しなくて大丈夫だよ。ちょっとだけ病気だけど、元気になるように点滴してるからね」

成沢にそう言われ、陽は少しほっとしたような顔をした。

「よかった。じゃあ、ボク、ごびょうき、はやくよくなって、げんきになりますようにって、まいにちおいのりするね」

陽はいつも、朝起きて身支度を終えると、「きょうもみんながげんきですごせますように。ごびょうきのおじいちゃんやおばあちゃんたちが、はやくよくなりますように」とお祈りをする。

それは、まだ琥珀と山の祠《ほこら》にいた頃に始めたことだ。

毎日瞑想《めいそう》をしたり、祈ったりする琥珀と同じことがしたくて、どうすればいいのかを聞いた陽に、琥珀は、

『誰かの幸せを願うといい。そなたが、幸せであってほしいと願う相手のことを』

と、教えてくれた。

その頃、陽が願っていたのは、

『おとしゃんと、おかしゃんと、にーにたちとねーねが、いっぱいながいきで、まいにちあそんでくれますように。おいなりしゃまがげんきで、いっしょにあそんでくれますように』

ということだった。

基本的に今も願い事の内容はほとんど変わっていないが、「幸せでいてほしい」と思う相手は格段に増えた。

それは欲張りなことなのかなと思って、琥珀に相談したことがあるが、琥珀は、

『多くの者の幸せを願えるのは、よいことだ。陽の願う者が幸せであれば、その者の周囲にいる人も幸せな気持ちになれるだろう。そうやって、どんどんと幸せは広がっていくからな』

そう言ってくれたので、陽は、いろんな人のことを祈ることにしている。

「そうか、お祈りしてくれるのか。これは頼もしいな。明日にでも元気になれそうだね」

院長は笑顔で言った。それは、決して馬鹿にしている様子はなく、純粋に陽の厚意を喜んでいるといった様子だった。

「陽くんは確か、今日と明日、泊まるんだったね」

院長が聞くのに、陽は頷いた。

「うん！　えーっと、おせわになります」

ぺこりと頭を下げた陽に、院長は目を細める。

「本当にいい子だね。ゆっくり楽しんで。足りないものや欲しいものがあれば、なんでも智隆に言いなさい」

院長のその言葉に、陽ははにかむように笑って、控え目に「ありがとうございます」と礼を言う。それにも院長は、可愛くて仕方がないという様子で笑みを深め、頷く。

――部屋に入って十分足らずで陥落ですか……。

伽羅は胸のうちで独りごちるが、陽の可愛さはもちろんのこと、その純粋さや優しさに触れると、たいていの相手はこうなるのを知っているので、まあ、当然の結果かな、とも思う。

「じゃあ、院長、陽ちゃんを長く待たせるのも申し訳ないので、そろそろ行きます」

成沢が言うと、院長は頷いた。

「ああ、気をつけて。陽くん、また夜に家で」

「うん！　またあとで。いってきます」

にっこり笑顔で言う陽を、院長も笑みで見送った。


「それにしても、さすがだよねぇ」

三十分後、陽と伽羅を連れてスイーツビュッフェに来た成沢は、陽がにこにこと笑顔でスイーツを頬張るのを和やかに見つめながら、呟いた。

「何がですか？」

伽羅もスイーツをつまみながら問う。

「父が、会ってものの数分で陽くんにメロメロだったじゃない？　まあ、僕も同じだったから父のことは言えないんだけど」

どうやら、院長が陽に陥落したのを感じていたらしい。

「それは俺も同じですよー。仕方ないです、陽ちゃん、可愛いんで」

伽羅の言葉に、スイーツに夢中だった陽は自分のことを言われているのに気づき、伽羅を見た。

「きゃらさん、なに？」

「陽ちゃんは、本当においしそうに食べるなーって話してたんですよー」

伽羅がごまかして言うと、

「だって、すごくおいしいよ。ケーキも、アイスクリームも、ほかにもいろんなのがいっぱいあって、まるでゆめみたいなところ……」

陽は少し離れた場所にあるテーブルに所狭しと並べられた数々のスイーツを眺めながらうっとりとした様子で言う。

「陽くん、そろそろ次のを取りに行こうか？」

陽の皿が間もなく空になるのを見やって、成沢が言う。

「うん！　つぎはロールケーキにしようかな……あとマカロンと…」

陽はウキウキと、何を取ろうか算段する。

「伽羅さんの分も取ってこようか？」

「俺は、ちょっと参考にいろいろ見たいんで、あとで行きます」

伽羅の言葉に成沢は、研究熱心だね、と微笑むと、陽と一緒にスイーツを取りに行った。

――成沢さん、陽ちゃん成分を存分に吸収してくださいねー。

そんなふうに思いながら、伽羅は仲良くスイーツをあれこれと選ぶ二人の姿を見つめるのだった。

2

スイーツビュッフェを存分に楽しみ、そのあと、三人は陽の大好きなアニメ『魔法少年モンスーン』のグッズがたくさん揃っている店に行った。

見たことがないくらいたくさんの商品が並んでいて、陽は目を輝かせ、成沢は、

「好きなものをなんでもこのカゴに入れてね」

と、言ったのだが、陽が買ってもらったのは、控え目に三つ、シールと、ノートと、キャラクターの形のクッキーの詰め合わせだ。

もっといろいろ買っていいんだよ、と言う成沢に、

「えっとね、つぎにきたときの『おたのしみ』に、とっておくの。こうたくんが、やりたいこととか、ほしいものとか、たくさんあるときは、『つぎのたのしみ』に、とっておいたら、つぎまでのたのしみができるっていってたから、ボクもそうするの」

と、陽は、大好きな兄貴分である孝太《こうた》の教えを披露する。

その純粋さに成沢は、本当に可愛くて仕方がなくて、

「僕にもっと財力があったら、店ごと買い占めて、陽くんの『次』に万全で備えておきたい気持ちでいっぱいだよ」

と、ガチ気味に呟く。

それを聞いて伽羅は密かに、

――やっぱり月草殿といい勝負ですねー。

と、呑気に思いつつ、淡雪《あわゆき》へのお土産に、握って遊べるベビー用のにぎりんマスコットを購入した。

成沢の携帯電話が鳴ったのは、買い物を終えて店を出てすぐの頃だ。

「あれ、父からだ。ちょっと、待ってもらえるかな」

成沢は言い、電話に出た。

「もしもし……、ええ。…いえ、まだです。今から何にするか決めて……ええ、そうです。……え？　…いえ、かまいませんけど、ちょっと待ってもらえますか」

成沢はそう言うと伽羅と陽を見た。

「陽くん、伽羅さん、夕食だけど、外のお店じゃなくて、僕の家でもいいかな。両親がぜひ、二人と一緒にって言ってるんだけど」

今日、決まっていたのはスイーツビュッフェとモンスーングッズのみで、夕食はその時の気分で食べたいものをということになっていた。

「陽ちゃん、夕ご飯、成沢先生のおうちで食べませんかって」

伽羅が陽に特別食べたいものがないかを兼ねて問うと、陽は、

「なりさわせんせいの、おとうさんもいっしょ？」

と聞いてきた。

「うん、そうだよ」

成沢が答えると、陽は笑顔になった。

「じゃあ、げんきになったの？　よかった！」

「……なんなのこの天使っぷり…癒されすぎて昇天しそうなんだけど」

呟く成沢に、

「陽ちゃん、成沢先生のお宅でごちそうになるので大丈夫そうです」

伽羅は冷静に、陽の返事を超訳して伝える。

「ああ、そうだった。その質問をしたんだった。……もしもし、じゃあ、今から家に戻ります。え？　好きなもの？」

成沢が聞き返した言葉に、伽羅はすかさず陽に、今夜何が食べたいですか？　と陽にリクエストを取る。

陽は、なんでもいいの？　と伽羅に聞き、伽羅が頷くと「じゃあね、めだまやきののったハンバーグ」と子供らしく答え、それは成沢を通じて院長に伝えられた。

「まったく……」

ため息交じりに電話を終えた成沢は、

「ごめんね、急な予定変更で」

そう謝ってくる。

「全然大丈夫ですよー。それに、陽ちゃん、もしかしたらご飯食べたら寝ちゃうかもですから、早めに成沢さんのお宅にっていうのは逆によかったかもしれません。ちゃんと挨拶できますし」

「そう言ってもらえると助かるよ。じゃあ、行こうか」

成沢は言うと、再び陽と手を繋いで車へと向かう。陽は嬉しそうに「ハンバーグつくってくれるの？」と聞く。それに成沢が頷くと、嬉しそうに小躍りするような足取りになった。

その様子を嬉しそうに見る成沢は順調に陽成分がチャージされているようだった。


大学病院院長の自宅らしく、成沢家は大邸宅と言うのに何の遜色もない家だった。

陽も、その大きさに目を丸くする。

「すごくおおきなおうち……」

「大きい分、冬は寒いよ。夏は涼しいんだけどね。さ、入って」

大きな玄関のドアを成沢が開け、入るように促す。だが、入った玄関ホールも驚きの広さだった。

「すごい……！　シャンデリアだ。キラキラしてる……！」

陽は吹き抜けから下がっているシャンデリアを見上げて興奮したように言った。

「ああ、すごいですねー。キラキラしてて綺麗《きれい》ですねー」

伽羅も同意するように言いながら、「陽ちゃん、靴脱ぎましょうか」と促す。

そして、陽が靴を脱ぎ終えた時、玄関ホールに院長が姿を見せた。

「二人とも、よく来てくれたね」

「あ、なりさわさんのおとうさんだ。こんばんは」

陽はペコリと頭を下げる。

「お邪魔します」

続いて伽羅も挨拶し、会釈をした時、院長に続いて一人の女性が出てきた。院長よりはかなり若く、成沢より一回りほど上のように見えるが、相当な美人だ。

「いらっしゃいませ。あらあら、あなたが智隆の言っていた陽くんね」

美女は陽を見ると目を細めた。

「はじめまして、はるです」

「お邪魔します、伽羅と言います。お招きいただいてありがとうございます」

挨拶をした陽と伽羅に、成沢は、

「紹介するね。僕の母です」

美女を、そう紹介した。それに陽は驚いて目を見開いた。

「なりさわさんのおかあさん？」

「ええ、そうよ」

美女は即座に肯定したが、陽は恐る恐る再度確認した。

「なりさわさんを、うんだひと？」

「あら、後妻と思われてるかしら？」

笑って言った美女に、

「とてもお若くていらっしゃるので、成沢さんのお姉さんかと思いました」

伽羅が返す。その言葉に美女はコロコロと鈴が鳴るような声で笑うと、

「お金をかけてる甲斐があるわ。玄関先で立ち話も何だからどうぞ中へ」

と、奥へと促す。

玄関ホールの奥は、リビングのようだがここもかなり広かった。

「ここもシャンデリアがある、すごい、おしろみたい」

白を基調に、ほんの少しの木目と金で統一された室内は、豪華だが落ち着きとエレガントさがある空間だった。

「内装をリフォームした時に、私の好きにさせてもらったのよ。お夕食まで、もう少し時間があるから、ここで少し待っていてもらえるかしら？　陽くんは、まだおなか、大丈夫？　おなかが空いてるなら、何かお菓子持ってきましょうか？」

陽を気遣う院長夫人の様子は、完全に月草たちのそれと一緒だ。

「ううん、だいじょうぶ」

スイーツビュッフェで、甘味をたっぷりと堪能した陽は、まださほどおなかは空いていないらしい。逆に、

「ゆうごはん、ボクおてつだいします。きゃらさんのおてつだい、ときどきするの」

お手伝いを買って出る。

「あらあら、頼もしいわね。ありがとう。でも、今日はお客様だから、ゆっくりしていて。厨房でシェフ……コックさんが、おいしい目玉焼きの載ったハンバーグを作ってくれてるから」

「コックさん！　しろいおぼうしかぶってるの？」

絵本の中で見た「コックさん」の姿を思い浮かべた陽が問う。

「ああ、かぶってるよ。あとで会いに行こうか。今はお仕事中だからね」

院長が微笑みながら言うと、陽は「うん」と素直に頷いた。その様子に成沢一家は、癒された様子で自然と笑みを浮かべる。

——今日も陽ちゃん、絶好調ですねー。

そんなふうに伽羅は思いながら、

「シェフの方がいらっしゃるお宅には、初めて伺いました。すごいですね」

と言うと、成沢は、

「常駐してもらってるわけじゃないよ。僕も父も外食のことが多いし、母は、自分が食べる分く

らいなら簡単に作っちゃうからね。人を呼んだりする時くらいかな、今は」

そう説明した。

「そうそう、自分が食べるだけなら、卵かけごはんで充分だもの」

院長夫人は笑って言う。

卵かけご飯は冗談だろうが、つまり、陽をもてなすために、わざわざシェフを呼んだということだ。

それを指示したのは、多分、病院で会った院長だろう。

――本当にさすがですね、陽ちゃん……。

伽羅がそう思った時、お手伝いと思しき女性が、食事の準備が整いました、と声をかけに来てくれ、全員で隣のダイニングに移った。

ダイニングもリビングと同様、白を基調に木目と金をアクセントに使っているが、室内に観葉植物や花が置いてあるからか、爽やかで落ち着いた空間になっていた。

成沢に抱き上げてイスに座らせてもらった陽は、すっかり準備の整った食事の様子に感動の声をあげた。

「すごい……！　おそとのおみせのごはんみたい！」

準備されていたのは、ポタージュスープにサラダ、ご飯、それからメインのハンバーグだったのだが、陽のハンバーグは添えられたニンジンとポテトが星形に、メインのハンバーグもクマの形になっていて、目玉焼きさえハート形になっていた。

「かわいい……たべるのもったいない」

そういう陽に、

「それは困るなぁ、陽くんにおいしく食べてもらいたいのに」

成沢は笑って言いながら、携帯電話を取り出し、料理の写真を撮った。

「これで、いつでも見られるから、それは食べようか」

「うん。あとで、りょうせいさんに、おしゃしんおくってくれる？　りょうせいさんと、こはくさまにもみせたいの」

「もちろんだよ」

成沢の言葉に陽は安心した様子で、みんなが席に着くのを待つ。

そして、いただきます、をしてから真っ先に手を付けたのは、ハンバーグだったのだが、一口食べるなり、

「すごくおいしい……！　いままでたべたなかで、いちばんおいしい！」

これ以上ないくらい嬉しそうに言う。

「そうかい？　それはよかった」

「ええ、本当に」

院長と院長夫人は完全に孫を愛でる目で陽を見ている。

そして、陽の絶賛するハンバーグを伽羅も一口食べ、

「うわ……すごくいいお肉ですね。肉汁がしっかり閉じ込められてて、肉のうまみと、甘みが、噛《か》むたびに出てくる……焼き加減も完璧ですね」

目を見開き、感想を述べたあと、

「陽ちゃんがシェフにご挨拶に行く時、俺も一緒に行って、焼き加減のコツとか聞いてみないと……」

香坂家の台所を預かる者らしい呟きを漏らす。

「香坂くんの家で世話になってた時にいただいた伽羅さんの料理も、どれもおいしかったよ」

成沢が言うのに、伽羅が礼を言うと、

「あら、伽羅さんは料理ができるのね。智隆、見習いなさいな。お湯をそそぐだけ、とか、あたためるだけ、じゃないものも作れるようになりなさい」

院長夫人は笑いながら言う。

「うわぁ、思いがけない変化球が返ってきちゃった」

成沢も笑いながら返し、和やかな夕食の時間は進んだのだった。

◆◇◆

さて、陽のいない香坂家では、今日は患者が少なかったこともあり、診療所の受付時間が終わるのと同時に診療も終了、という状態だった。

念のため、十分ほどは新たな患者が来ないか待ったが、誰も来なかったため、早々に琥珀と涼聖は家に戻ってきた。

「おかえりなさいませ。おふたりとも、おつかれさまです」

玄関先に迎えに出てくれたシロが、二人を労う。

「ああ。ただいま」

涼聖は言いながら靴を脱ぐと、そっとシロを手に乗せた。

「シロはもう晩飯食ったのか?」

「はい。おふたりのぶんは、れいぞうこにあります」

「分かった。風呂はどうした?」

「きょうはりゅうじんどのが、みずぶろにおはいりになったので、そのときに、せんめんきにゆをいれてもらい、いっしょにすませました」

「では、シロ殿はもう眠る準備が整っておいでなのだな。絵本はいかがする?」

いつも陽を寝かしつける時、シロは自分のカラーボックスの部屋のベッドで眠るが、絵本を読

むのを聞いているので、琥珀はシロのために読むつもりで聞いた。だが、シロは、

「いえ。こよいは、きなこどののいえを、とくべつにえんがわにあげてもらいましたので、そこできなこどのと、ともにねむろうとおもいますから」

そう答えた。

きなこというのは、香坂家に住みついている野良猫だ。

伽羅が食事を与え、雨のかからない縁側の下に段ボールハウスを準備しているので、正確には野良猫ではないのだが、家の中には入ることはなく――縁側はグレーゾーンだが――陽とシロ以外には簡単に触れさせないため、扱いは一応「野良」ということになっている。

「じゃあ、俺たちが帰るまで待っててくれたんだな。ありがとな」

「いつも、おきているじかんですし、るすをまもるものとして、とうぜんのことですから」

シロは当たり前のことをしているだけだといった様子で言う。

「いやいや、よくやってくれてるって。もう一人の留守居役は、水風呂に入ったあと、また金魚鉢だろ？」

涼聖の言葉にシロは頷き、

「ごめいさつです」

とだけ言った。

「じゃあ、俺たち、飯にするか。シロ、きなこの家は縁側のどこだ？　送っていくか？」

香坂家は三方に縁側がある。

どの場所に段ボールがあるのか分からないものの、そこまで送るつもりで言ったのだが、

「はるどののおへやのそばに。ですが、きなこどのはひとのけはいにびんかんですので、われひとりでまいります。おろしてもらえますか」

シロがそう言うので、廊下に下ろす。

「では、りょうせいどの、こはくどの、おやすみなさいませ」

ぺこりと頭を下げてお休みの挨拶をするシロに、

「ああ、おやすみ」

「おやすみ、シロ殿」

涼聖と琥珀が挨拶を返すと、シロはにこりと笑ってから、縁側を陽の部屋のあるほうへと歩いて行った。

「じゃあ、俺たちは飯にするか」

「そうだな。では、涼聖殿は食事の支度を頼む。私は風呂を沸かしてくるゆえ」

「風呂？　ああ、龍神《りゅうじん》が入ったなら水風呂のままだな。そうだな、今から沸かせば食ってる間に沸くな。じゃあ、そっちは頼む。俺は料理、温め直しとくから」

役割分担は自然とできる。

理由は、琥珀にとって、未だ、台所は鬼門だからだ。

ずいぶんと慣れたのだが、先日も琥珀はから揚げを電子レンジで温めすぎて、破裂させた。

涼聖も伽羅も、たまにやる失敗なので、気にしなくていいと言ったのだが、過去に卵を爆発させ、陽の牛乳も温めすぎて吹きこぼした琥珀は、台所仕事に関しては苦手意識が強い。

とはいえ、琥珀に何かをさせる気は涼聖にはないので、何も気にしてはいないのだが、琥珀は思うところがあるようだ。

——神様なんだから、でんと構えて座ってるだけでもいいんだけどな。

それができないのが琥珀らしいし、そういうところも好きなのだが。

「お待たせ」

温め終わった食事をちゃぶ台に運び、二人揃って夕食を取る。

二人きりで夕食を取ることは年に一度か二度、ある程度だ。

伽羅が忙しくて、早くに自分の祠に戻ってしまった時でも、陽がいるし、陽が帰る前に寝落ちしてしまっても、伽羅がいる。その二つが重なることは滅多にない。

「子供が巣立ったあとの夫婦ってこんな感じかな」

呟いた涼聖に、琥珀は不思議そうな顔をした。

「急に、いかがしたのだ」

「いや、二人だけで飯食うのって、久しぶりだから。伽羅と陽が同時にいないってことも珍しいだろ」

「龍神殿がおいでだが、寝ていらっしゃるからな」

「……陽は、いつか本宮へ行くのか？」

本宮には、稲荷《いなり》になる予定の仔狐を預かり養育する場所がある。

琥珀が本宮に陽を連れて向かった時、陽はそこで他の仔狐たちと過ごしていたらしい。

「白狐様はいつでも好きな時に迎え入れるとおっしゃってくださっているが……まだしばらくは私の手元に、と思っている。……祥慶《しょうけい》の長とも話しあわねばならぬことだし」

陽が、祥慶という稲荷の筋の者であることが分かったのは少し前の話だ。

とはいえ、陽をずっと育ててきたのは琥珀だし、祥慶の長も、陽の将来については琥珀に一任している様子なので、琥珀の決断に異を唱えることはないだろうが、琥珀は祥慶の長にもきちんと話を通してから、と考えている様子だ。

「祥慶のじいさん、元気なのか？」

少し前、琥珀や陽たちの知り合いを招いた時に、来てもらった。その時には元気そうに見えたが、見た目から察する年齢的なことを考えれば、気候の変化だけで体調を左右されてもおかしくない。

「ご年齢なりの元気さではあるが、少なくとも初めてお会いした時のように、寝付いておいでではないし……当時を思えば、ずいぶん回復なさったと思う」

「そうか、よかった。まあ、あのじいさんも、陽と時々やりとりしてるってことも張り合いになって元気なのかもしれないからな。それに、陽はまだまだ琥珀にべったりだから、本宮に行くのはもっと先だな」

「そうだな。……月草殿の御意向も伺わねばならぬし」

琥珀が出した月草の名前に、涼聖は、ああ、と嘆息した。

「そうだな……、陽が本宮に行っちまったら、今みたいに気軽には会えないだろうからな」

陽を溺愛する月草のことだ。陽が本格的に本宮に行くとなったら、大騒ぎだろう。

「おまえも伽羅もいるんだし、本宮に行かなくても、陽の稲荷になるための勉強ってのはできるんじゃないのか？　おまえだって、独学って言っていいのか分かんないけど、本宮で学んで稲荷になったわけじゃないんだろ？」

琥珀は、自身の出自をよく知らないと以前話していた。

琥珀が稲荷神となる前には、山の祠の側には御神木があり、それが崇拝されていたらしい。その御神木が朽ちる前に琥珀が祀《まつ》られ、代替わりを確認したかのように、御神木が折れた、と聞いている。

「それはそうだが、本宮に招かれて様々な文献に触れ、学んだことも多い。それに、同族の友と呼べる存在とともに過ごすということも有益であるからな。それゆえ、いずれはと思っているのだが……私が今はまだ、陽を手放す気になれぬ」

その言葉に涼聖は頷いた。

「確かにそうだな」

「だが、涼聖殿は何か考えがあるのではないか?」

思いがけず問われ、涼聖は首を傾げる。

「いや、ねえけど。なんでだ?」

「急に、陽の本宮行きのことなど言いだすゆえ……」

琥珀の言葉に涼聖は苦笑する。

「ああ、いや、たいしたことじゃねえけど……急におまえと二人になって、二人っきりっていうのは正直、嬉しかったりもするんだが、寂しいもんでもあるなって思ってな。……陽が月草さんとこに泊まったりしていない時でも伽羅はいる……」

そこまで言って、涼聖は、あ、と思った。

「ああ、そっか……。陽が本宮へ行っても、あいつ、上の祠にいるから、ここへの出入りは変わらねぇんだな」

「そうだな。上の祠は空にはできぬゆえ」

「じゃあ、陽も、伽羅もいない二人っきりってめちゃくちゃ貴重じゃねえか。早く飯食って、部屋行こうぜ」

その涼聖の言葉に、琥珀はいくばくか間を置いてから、意味するところを悟り、

「まったくそなたは……」

耳まで赤くしてそう返したが、異論はなさそうだった。

3

琥珀と涼聖が貴重な「二人きり」の食事をしている頃、陽は入浴も終え、寝支度万全の状態だった。

「なりさわさんのおとうさん、なりさわさんのおかあさん、おやすみなさい」

リビングにいる院長と夫人にお休み前の挨拶にきた陽に、

「陽くん、もう眠るのね。じゃあ、おばあちゃんが絵本を読んであげましょうか」

夫人が提案する。

いつも誰かに絵本を読み聞かせてもらいながら寝ている陽だが、今日初めて会った夫人の提案に頷いていいものかどうか悩んで、伽羅を見上げた。

「陽ちゃん、よかったですね」

伽羅は言外にOKを伝えながら、陽の頭を撫でる。そのついでに術をかけて、眠ってしまっても耳が出てしまわないようにした。陽は夫人を見て頷いたが、成沢は、

「お母さん、うちに絵本なんてあるんですか？」

少し驚いた顔で聞いた。

「あるわよ。あなたが小さい時に読んでいたものがね。いつか孫ができたら、と思って、取ってあるのに……」

「うわぁ、ヤブヘビ」

成沢は苦笑し、

「じゃあ、本物のお孫さんのための予行演習ということで」

伽羅がうまくまとめる。

「じゃあ、陽くん、おばあちゃんと絵本を選びに行きましょうか」

夫人がソファーから立ち上がる。

「……おばあちゃん……」

陽は不思議そうに呟く。

「ええ、おばあちゃん、でも、ばぁば、でもいいのよ。成沢さんのお母さんって、長いでしょう?」

笑って言う夫人に陽は、

「でも、おばあちゃんっていったら、だめみたいにきれいだから……」

素直な感想を漏らす。

陽がいつも「おばあちゃん」と呼んでいるのは、髪が半分くらい白くなっている人たちばかりで、夫人とは全然違うのだ。

だが、陽の感想を聞いて、夫人はいたく喜んだ。

「あらあらあら、そんなふうに褒めてくれるなんて、嬉しいわ。じゃあ、陽くんが嫌じゃなかったら、大ママって呼んでちょうだい」

即座に呼び替え案が出てきて、成沢と伽羅は「孫ができたらこう呼んでほしい候補」を夫人が脳内で練り上げていたことを悟る。

だが、陽は素直に頷くと、

「おおママ、でいいの？」

呼び返して聞いた。

「そうよ。じゃあ、行きましょうか」

夫人はそう言うと陽の手を引いて、自室へと向かう。リビングへと出る間際、陽は振り返り、

「おやすみなさい」

成沢と伽羅、そして院長に改めてお休みの挨拶をした。

それに三人がそれぞれ「おやすみ」と返すと、ちょっと笑って、小さく手を振り、夫人とともにリビングをあとにした。

「本当に礼儀正しい、可愛い子だね」

三人になり、すぐに院長が言う。

「そう言ってもらえると、ほっとします。可愛すぎて、つい甘やかしちゃうんで」

伽羅が笑うと院長も頷く。

「本当に可愛い、いい子だねぇ。どうしたら、あんな可愛いいい子に育つのか不思議だよ」

「え、僕も可愛いいい子だって言われて育ってきましたけど？」

即座に成沢が返す。それに院長は、

「育ったあと、どこかで何かを間違えたんだな」

笑って返すのに、成沢は「酷いなぁ」とやはり笑う。

そのあと、少し間を置いてから、

「二人とも、これから出かけるんだろう？　私ももう休むから、行ってくるといい」

院長が声をかけた。

陽が寝たら、成沢が伽羅をお勧めのバーに行かないかと誘っていたのだ。

陽を夫人が寝かしつけてくれるなら、あとのことは心配しなくていいだろう。

「じゃあ、そうしようか。タクシー、手配するよ」

成沢は言うと、携帯電話でタクシーを呼ぶ。

「あまり飲みすぎんようにな」

院長はそう言うと立ち上がり、自分の部屋へと引きあげて行く。

「……成沢さんも、大事に育てられたんですね」

同じ仕事に就く親子は、衝突しあうことも多い。

いや、それ以上に男親と息子というのは、様々な面で衝突することが、女親と娘という以上に多い。

だが、成沢の言動からは、院長への尊敬が感じられるし、院長も成沢に信頼を置いているのが感じ取れた。

「そうだねえ。育ったあとで、何か間違っちゃったみたいだけど」

院長の言葉を借り、成沢は笑う。

「まあ、過ちは誰しもあるものです。リカバリーできればいいんですよ」

「リカバリーできる範囲ならいいんだけど、無駄に女性の理想が高くなっちゃったんだよねぇ。もうあとは神頼みかな」

「……縁結びに効く神社、リサーチしてみますか」

伽羅が笑って返した時、成沢の携帯電話に手配したタクシーが間もなく到着すると連絡が入った。

「まあ、そのあたりは呑《の》みながらゆっくり話そうか」

成沢はそう言うと、伽羅を促し玄関へと向かった。

◆◇◆

伽羅が成沢と、独身連合の絆を深めに向かった頃、涼聖は風呂を終え、自室へと戻った。

部屋の戸を開けると、琥珀がベッドに腰を下ろして持参した巻物に目を通していた。

「お、仕事してんのか？」

わざわざ涼聖の部屋にまで巻物を持ってくるようなことはこれまでなかった。

そのため、忙しいのだろうと思ったのだが、

「いや、これは文だ。先日、秋の波《あきのは》殿を通じて古い友人から文をもらい、それの返事をしたのだが、先ほどまた文がきたゆえ、火急の用かと思い目を通していただけだ」

微笑みながら琥珀は言う。

「急用だったのか？」

「いや……。勧請《かんじょう》されて守っている家の主の病が、やや持ち直したゆえ、少し時間が取れそうだから、予定が合うようであれば会えぬかと……」

琥珀の言葉に涼聖は、

「行って来いよ」

軽く言った。

「涼聖殿、よいのか？」

「何日もってわけじゃねぇだろ？　せいぜい一泊くらいなら、休診日前後、使って行けばいいじゃないか。……友達なら、会えそうな時に会っとけ。おまえたちは俺たちよりはるかに寿命は長いだろうから、今会えなくても、次の機会はあるだろうけど……何かこのあと、大変なことにな

りそうな相手みたいだし、会っといたほうがいいと思う」

涼聖の言葉に、琥珀は、ああ、と胸のうちで嘆息した。

「そなたは、私が欲しいと願う言葉をいつもくれるのだな」

「お？　以心伝心だったか？　まあ、おまえのこと愛してるから、分かるんだけど」

笑って涼聖は言いながら、琥珀の隣に腰を下ろす。

琥珀は巻物を閉じてサイドテーブルの上に置くと、涼聖をまっすぐに見た。

「私は、そなたが願う言葉を……願うことを、叶えてやれているのだろうかと、思うことがある。『神』と呼ばれる存在でありながら、そなたに何をしてやればいいのか、分からぬ時も多い」

琥珀の表情は穏やかにも見えたが、かすかな不安に似た何かがあるのが涼聖には分かった。

『神』としての自身の在り方を、琥珀はいつも強く意識している。

人にはない力を持つ自分が、人のためにどうするのが最善なのだろうかと。

「んー、俺に限って言えば、おまえが俺の願ってることが分かんないっていうのは、当然だと思う」

涼聖の言葉に琥珀は眉根を寄せる。

それは己の至らなさを指摘されたのかと思ったからだろうとすぐに分かった。

「俺、今、満たされきってるからな。願い事とか、ないんだよ」

「涼聖殿」

「前にも似たようなこと言ったと思うけど、一番愛してるって思える相手と所帯持てて、素直で可愛い子供たちもいて、うまい飯作ってくれるやつもいて、風変わりだけど面白い同居人もいて、面白い連中が遊びにも来て。……仕事も順調、友達にも隠し事がなくなったし、これ以上何を望むことがあるんだよ？」

涼聖の言葉に、琥珀は何も返せなかった。

涼聖は、これ以上望むことはないと言ってくれる。

たまらなく嬉しいのに、どこか不安になる。

それは、己が不安だからだとすぐに分かった。

人と神。

交わった歴史がないわけではない。

だが、違う時間軸で生きている以上、永遠ではないことが不安なのだと。

「まあ、そうだな。願うとしたら、できるだけ元気で長生きさせてくれってことくらいだな。そうそう伽羅のターンにはしてやりたくねぇし」

「またそなたは、私の胸のうちを見透かしたことを言う……」

そう言った琥珀に、涼聖は笑った。

「だから言ってんだろ？　愛してるから分かるんだって」

そして琥珀の頬にそっと手を伸ばし、触れる。

「あと、とりあえず今の願いは『二人きりの時間』を堪能したいってことなんだけど」

涼聖の言葉に琥珀は恥ずかしそうに眉根を寄せたあと、小さく頷いた。

頷けばすぐに唇が頬に触れて、そのまま唇は耳許へと寄せられた。そっと耳殻に添って舌を這わされ、その感触に琥珀の肌が粟立つ。

「ぁ……」

可愛いと囁《ささや》かれて、体から力が抜けた琥珀の体を、涼聖はうまく誘導してベッドへと横たえる。

片方の手で琥珀が纏《まと》う浴衣の帯をほどいて前をはだけさせると、直に肌に触れた。

小さな声が琥珀の唇から漏れる。その声に気をよくしながら、涼聖は手をさらに下へと伸ばす。

下着を押し下げて琥珀自身に触れると、根元からゆっくりと扱きあげた。

「っ……あ、あ」

手のひらで緩く擦るようにしながら、先端を押し当てた指先で擦られると、あっという間に琥珀自身は張りつめて、先端から蜜が溢れだした。

いつもであれば、涼聖は琥珀をこのまま追い上げて達かせるのだが、今日は琥珀を充分張りつめさせたところで手を放した。

そして、サイドテーブルの引き出しから潤滑剤を取ると、それを手のひらに出し、たっぷりとそれをまぶした指を足の間の奥まった蕾へと押し当てた。

「ん……っ、あ！」

「悪ぃ、ちょっと今日、余裕がない」

いつもと違う手順に戸惑う琥珀に、涼聖は囁くように言うと、押し当てた指先を一本中へと埋めた。

浅い場所を丹念にほぐすように指先が蠢《うごめ》いて、それからゆっくりと奥へと入り込んでくる。労わるような動きでしかないのに、そこで得る快感に慣れた琥珀の体は焦れるように動いてしまう。

それを感じ取って、涼聖は埋め込んだ指を大きく回すようにして内側をかき回した。

「ああっ、あ！」

弱い場所をかすめた指先に腰が揺れる。

「涼…っ……」

「分かってる、ちょっと待て。さすがに急には、無理だからな」

涼聖は言うと、指を二本に増やした。それと同時に琥珀の薄く白い胸の上で色づく突起に唇を寄せる。

「あ、ああっ」

ささやかに尖る乳首に甘く歯を立てながら、中に差し込んだ二本の指を大きな動きで蠢かせて中をとろけさせていく。

与えられる刺激に琥珀自身からは蜜が溢れて、止まらなくなる。

「あぁっ、あ、あ……っ、あ」

気持ちよさに上がる声も止められず、琥珀は羞恥を覚え、唇を噛もうとする。だが、それを察

したように指先が弱い場所を擦ってくる。

「や……っ、あっ、ああ、あっ」

「本当にいい声……可愛い」

胸から顔を上げた涼聖はそう囁きながら、琥珀の後ろから指を引き抜いた。

その感触にも腰を揺らしてしまう琥珀に微笑むと、涼聖は自身が着ていたスウェットを下着ごと押し下げ、猛った自身を取りだした。

そして、ヒクついている琥珀の蕾へと先端を押し当てた。

「ん……っ」

鼻から抜けるような声を漏らした琥珀の姿を見下ろしながら、涼聖はゆっくりと中へと自身を埋めていく。

押し開かれる感触に琥珀の体が一瞬、強張る。

「琥珀、息、詰めるな……力、抜いて」

優しい声で涼聖が促す。それに琥珀が息を吐くと、少し緩んだ中に涼聖自身がズッと入りこんできた。

「ああっ、あ、あ」

中ほどまで自身を収めた涼聖が一度動きを止め、そこでゆっくりと腰を揺する。

「っ……！　あっ」

弱い場所に丁度押し当たると分かっての動きに、琥珀の腰が悶えるように揺れる。

「あ……、っ…ん、んっ」

「可愛い……」

囁いた涼聖の手が、蜜を垂れ零す琥珀自身を包み込み、扱き始める。

「あぁっ、待っ…ぁ、あ！」

「我慢、しなくていいから」

中の弱い場所を擦りながら、琥珀自身を強く扱く。弱い場所を両方同時に愛撫されて、琥珀の腰が逃げを打つように悶えるが、それは完全に逆効果でしかなかった。

自身で弱い場所を強く穿って——

「ッひ、ぁ、————っっ！」

琥珀自身が弾けてびゅくっと蜜をまき散らす。すべてを絞り取るようにしながら、絶頂に締め付けてくる中を涼聖は一気に奥まで穿った。

「あぁっ、あ！　今…っ、あ、ダメだ、あっあ！」

達している最中の琥珀の中で涼聖はゆるゆると腰を揺らし、最奥まで埋め込んだ自身で絡みつく襞を掻き混ぜる。

「何回でも、イっていいから。前でも後ろでも……」

甘く淫らに囁く涼聖の声に、琥珀はひゅっと喉を鳴らす。

「りょ……、あっ、ああっ！」

ぐちゅん、と濡れた音を立てて、奥を突かれる。そのたびに絶頂が襲ってきて、琥珀の頭が真っ白になる。

「ダメ…だ、これ……あっぁ」

「ダメになろうぜ、一緒に」

逃げようとする腰を涼聖に強く捕らえられて、琥珀は言葉にならない声を漏らし——そのまま意識を失うまで貪られた。

4

「それでね、これがスカイツリーでね、すっごくおおきかったの！　うえにも、なりさわのおじいちゃんといっしょにのぼったの」

東京から帰ってきた陽は、向こうで撮影した写真をアルバムにしたものを琥珀と涼聖、そしてシロに見せながら説明する。

実は、陽の東京滞在は、一日延びた。

二泊三日の予定だったのだが、院長と夫人が都合がよければもう一泊していきなさいと誘い、涼聖たちからのＯＫも出たので、もう一泊したのだ。

誘われた理由は、ひとえに院長と夫人が陽を連れて遊びに出かけたい、と願ったからだ。というか、本来の予定では二日目の昼間は成沢が仕事の関係で夕方からしか一緒にいられないので、その時間は伽羅と陽が二人で観光名所を回り、あとで成沢と合流ということになっていたのだが、

「では、智隆に代わって私が」

と、院長が二人を案内してくれたのだ。

夫人も行きたがったのだが、どうしても外せない会への出席があり、

「私も陽くんと出かけたいわ」

とゴネて、結果、陽たちは涼聖の許可も出たので帰る予定を一日延ばし、翌日は夫人の案内で遊園地に連れていってもらった。

思い出の写真は即座にプリントアウトされて、夫人がポケットアルバムに収めて持たせてくれたのだ。

「うえからみると、こんななの」

「おお……たてものが、みな、とてもちいさくみえます」

「すごいでしょう？　でも『バベルのとう』ってもっとおおきかったんだって」

陽は、あれから後に成沢から聞いた「バベルの塔」の話をシロにし始める。

「そのようなとうがあったのですね……」

「うん。だから、そらまでとどくたかさのたてものは、つくらないほうがいいみたい」

「ふじさんは、だいじょうぶなのでしょうか。さんちょうは、くものうえですが」

「ふじさんは、おやまだから、だいじょうぶなのかも」

子供らしい心配をしたあと、

「それでね、そのあとでしたのおみせで、ケーキをたべたの。いっぱいきれいなケーキがあって

ね、ボクと、きゃらさんと、なりさわのおじいちゃんで、べつべつのをたのんで、わけてたべたの。それでもまだまだいっぱいあるんだよ！　なりさわのおじいちゃんが、とうきょうにきたら、またつれていってくれるって。やくそくしたの」

ケーキの写真を見せながら陽は言う。写真に写っている院長も笑顔だ。

ひととおり、写真を見せ終えた陽は、買ってきたモンスーングッズをシロと分けるために、二人で自分の部屋に向かう。

居間に残った大人組は、行く時よりも多くなった荷物――無論、成沢一家が持たせてくれたお土産だ――の山と、陽が残していったアルバムを再び見ながら、話す。

「こんな笑顔全開の院長なんか初めて見るな……」

涼聖の言葉に、伽羅は苦笑する。

「成沢さんも親馬鹿モード炸裂でしたけど、そのご両親は孫溺愛モードでしたよ」

陽が院長を「なりさわのおじいちゃん」と呼ぶようになったのも、その表れで、夫人を「おおママ」と呼ぶのに対抗して院長が翌日の朝食時に、「成沢さんのお父さん、だと長いから、おじいちゃんと呼んでくれないかな」と提案したからだ。

院長も実年齢よりは若く見えるが、陽の中で「おじいちゃん」と呼ぶ対象年齢の中に収まっていたこともあり、陽は提案をすんなり受け入れた。

「どこにいても、陽は陽のようだな」

琥珀は笑顔でケーキを頬張る陽の姿に目を細める。

「成沢先生の様子はどうだった？　やっぱり大変そうか？」

涼聖は、気になっていたことを伽羅に確認した。

倉橋がこちらの総合病院に戻ることを決め、成沢はそれを受け入れてくれたが、結果的に成沢の負担は増えたはずだ。

陽と過ごしたい、というのは、陽が好きな甘い物をいろいろと食べさせてやりたい、という思いも強かったと思うが、それと同時に気を紛らわせたいというのもあったのだろうと思う。

成沢はフレンドリーな性格なので、声をかければ気を紛らわせるのに付き合ってくれる人間は多くいるだろう。

だが、おそらく、いろいろなことに気を回してくる相手ではなく、ましてや病院のことにも関わりのない陽や伽羅を相手にする時間だけは、他のことを考えず、頭を空にしたかったのではないかと涼聖は思っていた。

「大変なのは、大変そうでしたよー。涼聖殿もそうですけど、人の命を預かる仕事ですし、難しい手術を受け持ってらっしゃいますから、プレッシャーも相当なものでしょうし。それに加えて、今は病院の後継者としてのいろいろがありますし」

「そうだよな……」

涼聖はそう言って、一つ息を吐く。

「だが、成沢殿は、後継者としての資質は充分に備えておいでだろう。さほど難しいことではないと思うが、先のことが分からぬ分、不安を抱えておいでの様子か？」

琥珀の問いに、

「それもありますけど、時間的な制約が一番心配みたいです。院長の病気のことで」

伽羅は返す。

院長はすでに余命を宣告されている。

その時間の中で、引き継げる状態になるのかという不安と、いつ急変して、その期間が短くなるか分からないという二重の不安を抱えているのだ。

「心配だな、成沢先生」

涼聖は成沢の心労を思って呟く。だが、伽羅は、

「でも、院長、大丈夫な感じなんですよねー」

そんな思いがけないことを言った。

「大丈夫って、治りそうなのか？」

身を乗り出して問う涼聖に、伽羅は少し考える。

「んー、治るっていうのは無理だと思うんですけど……、なんていうか、最初に院長室で会った時は、諦める、じゃないですけど、事実をすべて受け止める、抗わない、みたいな、そんな感じの『気』だったんですよね。治療もちゃんとするけど、まあ、何があってもっていう感じってい

うか。やっぱお医者様ですから、この先自分がどういう症状に見舞われるのか冷静に理解してるってこともあって。けど、陽ちゃんと過ごして、『次に東京に来た時にまた一緒にケーキを食べる』って約束したり……ああ、そうだ、あと陽ちゃんが『病気が早くよくなって、元気になるようにお祈りする』って言ったんですよね。そういうのもあって、なんか心持ちがちょっと変わったっていうか、駅まで見送ってもらった時は、『気』が生気を強く帯び始めたって感じでした」

「それは、いいこと、なんだよな？」

涼聖が確認するように問うと、

「『病は気から』と言うであろう？　病の中にあっても、『気』が安定して巡っていれば、治るということは難しくとも、悲観するような事態は遠くなることも多い」

琥珀が言い、伽羅は頷いた。

「陽ちゃんと、ちょっと先の約束をしたことで、じゃあ次はどこに連れていこうとか、そういう計画を楽しんで立てる時って、病気のことも忘れちゃいますし、その時に元気に動けるようにしとかないと、とも思うじゃないですか。それは絶対的にプラスですし……陽ちゃんが毎朝、いつものお祈りの時に、院長のことも入れたんで……まあちょっと、上のほうでいろいろ」

「上のほうでいろいろって、なんだよ」

言葉を濁した伽羅を涼聖は問い詰める。

「俺たちには人の寿命をどうこうできる権限はないんです。禁則行為っていうか」

「あ……そういや、昔琥珀が……」

集落の老人を助けるために、召されようとする魂を引き戻した琥珀が、そのあとで倒れたのを思い出した。

「そうだ。基本的に、手出しをしてはならぬ領域だ。……倉橋殿の場合は、命数が尽きてもいない状況でのことであったゆえ、どこからも何も言われなかったが」

だからこそあの事故には某かの裏があると琥珀たちは感じていた。

「じゃあ、陽が祈っても、意味ねぇってことじゃないのか？」

人の生死に関わることに権限がないのであれば、そうなる。だが、

「祈りはまた別なのだ。利害の関係のない陽が、純粋に願い、それを受けて院長のほうの気も変われば、上のほうでも多少手心を加えるゆえ」

「あんまり詳しいこと言えないんで、たとえばの話として言いますけど、今後十年とか五年とかのうちで召されるリスト、みたいなのがあるとするじゃないですか。その細かい順番って、よっぽどのキーポイントになる人物以外は、わりとアバウトな感じっていうか……。なんで、この調子なら、リストの後半に回す？　みたいな。そんな感じに理解してもらえたら」

つまり、今の状態ならば、少なくとも余命として宣告されている期間は問題ないのだろう。

「そうか……なら、ちょっと安心だな。まあ、そのことを成沢先生に伝えられないのが、なんだかもどかしいけど……」

伝えることができれば、成沢の不安を少しは拭ってやれるのに、と涼聖は思う。

「大丈夫だ。治療を続けておいでなら、よい結果として出るゆえ」

「そうですよー。まあ、あとの問題は、成沢さんがご両親にちょいちょいせっつかれてる結婚問題に進展が見えそうにないってとこなんですけど」

「縁がないのか？」

涼聖が問うと、伽羅は苦笑する。

「縁がないってわけじゃないんですけど、ご本人、口で言うわりに、まだ望んでないんですよねー。しとかなきゃいけないんだろうなー、みたいなレベルで。しとかなきゃいけないレベルって感じでも一応縁結びを望んでるならリサーチするんですけど、条件に合う人がまだ育ってなくて。今、育成中って感じです」

「育成中って、まだ子供なのか？」

「そのあたりは言えません。年齢だけじゃなくて、資質とか、経験とか、いろいろあるんで。出会った時に成沢さんが、今みたいにゆるふわな感じだと不成立になっちゃいますし、まあ、いろいろデリケートっていうか。一応、縁結びに強い神社の紹介だけしときました」

「まあ、おまえに祈っても恋愛関係、弱そうだしな」

即座に返した涼聖に、

「うっわー、腹立つー。そもそも稲荷は商売繁盛なんです！」

伽羅はそう言ったあと、

「っていうか琥珀殿、笑ってないで俺を庇ってくださいよ！」

顔を俯け、笑いをこらえている琥珀に突っ込みを入れる。

「いや、どう考えてもおまえ、恋愛関係、強くないだろ？　おまえを祀ってるシゲルさんも独身だし、人生ゲームも独身貴族回数更新しまくってるし」

容赦なく事実を突きつける涼聖の言葉に、

「ゲームはゲームで、偶然の産物です」

と、伽羅は反論するが、

「いや、あの独身貴族回数は普通じゃないだろ？」

涼聖はさらりと返す。

「いえ、絶対ただの偶然です。今から、やりましょう、人生ゲーム！」

伽羅のその言葉で、部屋に戻っていた陽とシロも居間に呼び戻され、五人での人生ゲームが始まる。

その光景を、龍神は金魚鉢の中から、

『平和な者どもだな……』

と眺めた。

なお、今回の人生ゲームも、伽羅は独身で終えたそうである。

おわり

こんにちは。狭い部屋を増えたサンセベリアに侵略されている松幸《まつゆき》かほです。いや、部屋が狭いのではなく荷物が多い……のに捨てられない性分のせいだと分かってはいますが、貧乏性ゆえなかなかねー。まあ、そのうち頑張ります（絶対頑張らない感じがひしひしと伝わりますね）。

そんなだらだらしている私にかわりまして、椽さん頑張った！　いや、今回一番頑張ったのは倉橋先生でしょうか？

前巻が、「ちょっ！」な状態で続いてしまったため、長らく土砂の中にいた倉橋さんですが、今回、復活。漢気のあるところを見せつつ……な感じでございます。

一番とばっちり食らったのは、成沢先生でしょうか。まあ、陽ちゃんと楽しめたようですし、頑張れ（笑）と思います。

今回も、みずかね先生には大変お世話になっております。今後も全力でおんぶおばけのごとく縋っていきます（迷惑）。きっとそのうち、お祓いのお札を貼られると思うけれど、めげない所存です！　本当にいつもいつも、ありがとうございます！　先生のイラストが見られると思うと、牛歩状態で原稿が詰まりまくっても頑張れるのです……♡

あとがき

そんな私ですが、最近、文房具沼につま先を突っ込んでます。つま先だけなのは、カラーペンだけだからです。愛用している多色ボールペンがあるのですが、ちょっとした浮気心からいろいろ試してみたくなり、東●ハンズやらロ●トやらに行くたびに、少しずつ買っていたら……チリも積もればって本当だったのね、な勢い。でも楽しい……。

使うものですしね！ ただ問題は「確実に使う色は実は限られている」という点でございまして……。でもいろんな色が欲しくなるんだよ！ あまり使わない色だと思っても推しキャラの色は、各社少しずつ色味が違うから試したくなるし。こうしてまた、部屋に物が増えていくのです。でも幸せなの……あ、ここまで書いて、読んでくださってる方々の呆れた表情が手に取るように……。

こんな体たらくな私ですが、これからも頑張りますので、何卒よろしくお願いします。

二〇一九年　梅雨直前の六月中旬　松幸かほ

◆陽ちゃん、東京へ行く・おまけ◆

「あのかいだん、おりてくるの？」

東京駅《とうきょうえき》構内で、陽《はる》はホームへと向かう階段を指差しながら伽羅《きやら》に問う。

「そうですよー。多分、もうすぐですよー」

伽羅の返事に、陽は待ちきれない様子で、かかとをパタパタ上げ下げしながら「はやくあいたいなぁ」と呟く。

東京滞在が一日延びたおかげで、陽には一つ、楽しみが追加された。

千歳《ちとせ》と会えることになったのだ。実は、陽が東京へ行くことになったのが決まった時に、週末のどちらかで千歳とも会えないかと涼聖《りようせい》が予定を聞いてくれたのだが、あいにく千歳が家族で母方の実家に行くことになっていたので無理だったのだ。陽は残念そうだったが、

『でも、なつやすみに、あえるから、だいじょうぶ。それまでのおたのしみにするから』

と返事をしてきた。そして、東京にいる間は成沢《なりさわ》と成沢夫妻に存分に接待をされて、千歳と会えないことなどすっかり忘れた様子でいたのだが、帰るのが一日延びると聞いて、再度涼聖が千歳の父――詰まるところ涼聖の兄だ――に連絡を取った。

千歳は、涼聖が卒業した小学校に通っている。

そのため、涼聖はその日が開校記念日で休みであることを知っていたのだ。

千歳も陽が来ているなら少しでも会いたいと思っていてくれたらしく、見送りに毛が生えた程度の時間しか一緒にいられないが、それでも来てくれることになった。

陽が「はやくあいたいなぁ」と呟いてから約五分後。

新たな電車がホームに到着したらしく、階段を多くの乗客が下りてきた。その波が落ち着きかけた時、陽は階段をゆっくり下りてくる千歳に気づいた。

「ちとせちゃん！」

名前を呼ぶなり、陽は千歳に向かって走り出した。

「はるちゃん」

千歳は足早に階段を下りて、あと数段というところで陽と合流した。

「やった！　ちとせちゃんとあえた！」

にこにこ笑顔の陽に千歳は頷き、手を繋ぐと二人で一緒に階段を下り、伽羅のところにやってきた。

「きゃらさん、おひさしぶりです」

「お久しぶりですねー、千歳くん。わざわざ来てくれてありがとうございます」

ぺこりと頭を下げて言う千歳に、伽羅も礼儀正しく返事をする。

そのあと、千歳は伽羅の少し後方に立っている二人組の男女に気がつき、千歳は彼らに向かっ

てもぺこりと頭を下げる。それに気づいた陽が、

「ちとせちゃん、あのね、なりさわのおじいちゃんと、おおママなの」

ザルな紹介をする。そもそも「なりさわ」がどういう人なのか分からないものの、顔には出さない千歳に、

「涼聖殿がこっちにいた時に勤めてた病院の院長と院長夫人です。涼聖殿と、お二人の息子さんがお知り合いで、その縁で今回、俺たちお世話になってたんですよー」

伽羅は分かりやすく説明したあと、成沢夫妻に視線を向け、

「こちらが、香坂《こうさか》千歳ちゃんです」

と改めて紹介する。

「香坂先生の甥御さんだね。初めまして成沢です」

「初めまして」

成沢夫妻には、千歳が来る前に陽により紹介がされていたこともあり、簡単に千歳の存在を飲み込み、挨拶をしてきた。

「はじめまして。こうさかちとせです」

「今、小学何年生かな?」

再度、頭を下げて名乗る千歳に、成沢院長が聞いた。

「三年生です」

「まぁまぁ、三年生なのに、一人で電車の乗り換えができるのね。すごいわ……」

千歳の返事に成沢夫人も感動したように言う。

「なんどか、かぞくといっしょにきたことがあるので」

千歳ははにかむように言うが、

「ちとせちゃん、おりがみもすごくじょうずだし、しんけいすいじゃくも、つよいの」

陽は自慢げに言う。

「手先が器用なのか。外科医向きだね。香坂くんもいい医者だし、その甥御さんなら、素質は充分じゃないかな」

笑いながら言う成沢院長に、千歳はやはりはにかむように笑みを浮かべた。

「あら、こんなに可愛いんだから、アイドルになったほうがいいわよ。陽ちゃんとユニットを組んでデビューしたら、私、真っ先にファンになるわ」

夫人はやはり鈴の鳴るような声でコロコロと笑いながら言ったあと、

「立ち話も何だから、電車までの時間、お茶でも飲みにいきましょう」

そう提案し、みんなで構内にあるカフェに向かった。

案の定、陽はメニューにあるスイーツに目をキラキラさせたのだが、

「陽ちゃん、電車の中でおいしくお弁当食べるために我慢ですよー」

すかさず伽羅が言い聞かせる。

その様子を成沢夫妻も千歳も、孫と弟を見るような眼差しで見つめた。

陽と千歳の子ども組はジュースを、大人組はコーヒーを注文し、出発までの時間を過ごす。

陽は千歳に、成沢夫人に作ってもらったアルバムを見せて、今回、どこに行ったのかを披露する。

「ちとせちゃんは、スカイツリー、いったことある？」

「うん。でも、学校のえんそくでいっただけだから、お店はぜんぜんみられなかった。いちばんうえにのぼって、そとのけしきをみて、おりてきただけ」

千歳が言うのに、陽は、

「あのね、またなりさわのおじいちゃんといっしょにいこうねってやくそくしたの。だから、そのときちとせちゃんも、いっしょにいこ？　ケーキがたくさんあって、すごくおいしかったの」

にこにこしながら誘い、成沢院長も笑顔で頷く。

「大歓迎だよ。千歳くんの都合がよければぜひ」

「あら、その時は私もご一緒するわ」

すかさず夫人も参加してくる。

——千歳くんも好かれると思ってましたーー！

伽羅は胸のうちで突っ込んだ。

楽しい時間はあっという間で、すぐに帰る電車の時間が来た。

ホームまで千歳と成沢夫妻が見送りに来てくれたのだが、楽しかった分、陽は帰るのが辛くて涙目だ。

「また…あそびにくるから、それまでなりさわのおじいちゃんも、おおママも、ちとせちゃんも、げんきでね。ボクのことわすれないでね」

精一杯笑顔を作って言う陽に、それぞれ「わすれない」「また今度、約束」と言って見送ってくれる。別れがたい様子だったが、伽羅は心を鬼にして、

「陽ちゃん、電車が出ちゃいますよ」

そう声をかけて電車に乗り込んだ。

ドアが閉まり、電車が動き出すと、陽は三人が見えなくなるまでガラスにひっついていた。

「会えるまで、あっという間ですよ」

伽羅が声をかけると陽は頷いたがどこか寂しそうだった。そんな陽に、

「さ、お弁当食べましょうか」

伽羅は必殺技を繰り出した。

包みを開いて現れた鮮やかな彩りのお弁当に、陽は笑顔を取り戻し、その様子に伽羅は『やっぱり陽ちゃんは笑顔じゃないと』と思うのだった。

今度は神様、客室乗務員になる!?

※イラストと小説内容は、**かなり**異なります。

次回の**情熱本宮**は……

2020年
狐の婿取り（仮）
Take off!

松幸かほ・著
みずかねりょう・画

AM6：00
空の玄関口、空港。
早朝から多くの人が行き交うこの場所に
一際目を引く集団がいる。

「制服を着て、紅を引くと身が引き締まる」

「お客様の笑顔が、やっぱり一番嬉しいですねー」

「あんしんあんぜんのフライトをこころがけてるの!」

日本の空から、世界の空へ。
安心と、お客様の笑顔を乗せて。

空の案内人として
最高の「おもてなし」を目指し続ける彼らに密着した。

CROSS NOVELSをお買い上げいただき
ありがとうございます。
この本を読んだご意見・ご感想をお寄せください。
〒110-8625
東京都台東区東上野2-8-7　笠倉出版社
CROSS NOVELS 編集部
「松幸かほ先生」係／「みずかねりょう先生」係

CROSS NOVELS

狐の婿取り―神様、成就するの巻―

著者
松幸かほ

2019年8月23日　初版発行　検印廃止

発行者　笠倉伸夫
発行所　株式会社　笠倉出版社
〒110-8625　東京都台東区東上野2-8-7　笠倉ビル
[営業]TEL　0120-984-164
FAX　03-4355-1109
[編集]TEL　03-4355-1103
FAX　03-5846-3493
http://www.kasakura.co.jp/
振替口座　00130-9-75686
印刷　株式会社　光邦
装丁　磯部亜希
ISBN　978-4-7730-8994-3
Printed in Japan